浩歌堂詩鈔

珍本南社舊著叢刊·第一輯

張夷 主編

陳去病 著

上海大學出版社

圖書在版編目（CIP）數據

浩歌堂詩鈔/ 陳去病著. 上海：上海大學出版社 ,2017.3
（珍本南社舊著叢刊/張夷主編，第一輯）
ISBN 978-7-5671-2520-9

Ⅰ. ①浩… Ⅱ. ①陳… Ⅲ. ①詩集—中國—近代
Ⅳ. ①I226. 8

中國版本圖書館CIP數據核字（2016）第240224號

責任編輯　鄒西禮
封面設計　柯國富
技術編輯　金　鑫
封面篆刻　徐惠馨

浩歌堂詩鈔

著　者　陳去病
出版發行　上海大學出版社
社　址　上海市上大路九十九號
郵政編碼　二〇〇四四四
網　址　http://www.press.shu.edu.cn
發行熱線　〇二一－六六一三五一一二
出版人　戴駿豪
印　刷　江蘇蘇中印刷有限公司
經　銷　各地新華書店
開　本　七一〇×一〇〇〇　十六開
印　張　二〇點七五
字　數　四一五千字
版　次　二〇一七年六月第一版
印　次　二〇一七年六月第一次印刷
定　價　一四八圓
書　號　ISBN 978-7-5671-2520-9/I·414

《珍本南社舊著叢刊》（第一輯）編委會

出版說明

南社是一個曾經影響過中國近現代歷史進程的革命團體。這個誕生於清代末年的社團，自成立伊始，以賡續晚明時期提倡氣節的幾社、復社之風流相號召，帶有鮮明的民主革命性。他們中的許多成員，早年參加中國同盟會，追隨革命先行者孫中山先生左右，或領導、或參與，響應了辛亥革命、二次革命、護國運動、護法運動以及新文化運動等歷次反帝反封建的鬥爭，是近代歷史的直接參與者和書寫者。因此，研究中國近現代史，南社社員及其活動是無法繞開的問題。

同時，南社又是一個曾經在中國近現代文學史上綻放異彩、影響深遠的文化團體。在成立之初的南社條例中，即規定入社者須「品行文學兩優」，「社友須不時寄稿本社，以待匯刊」；一九一四年三月第十次雅集時，於條例修改稿中更是明確規定「本社以研究文學、提倡氣節爲宗旨」。在這樣的宗旨感召下，當時雅好文學的各界精英幾乎均被網羅到南社當中，社員達到一千餘人。除了皇皇二十四集《南社叢刻》以及各人另有多寡不等的單行著作外，當時由國人在海内外編輯出版的各種報刊雜誌，也大多由南社社友主持筆政，屬於南社的「地盤」，以致柳亞子曾不無自豪地開玩笑說：「請看今日之域中，竟是南社的天下。」因此，研究中國近現代文學，同樣繞不開南社人及其文學創作。

這樣一個曾經產生過重要歷史影響、代表中國當時先進文化的革命文學團體，在一個不短的時期，卻一直處於被冷落、被湮沒的境地——有關南社的史料乏人問津，關於南社的研究也廖若晨星。導致這種境況的原因比較複雜，當然自有其歷史的合理性；但總體上南社人提倡氣節的高尚情操、闡揚國魂的愛國情懷、光大中華傳統文化的民族認同，無論如何都不會過時，時至今日，仍然值得昭揭弘揚。基於這樣的認識，在中國南社與柳亞子研究會諸位專家的指導下，我們攜手中國南社研究聯合總秘書處，決定從基礎的史料發掘與文獻整理做起，除組織出版《南社史料輯存》之外，再推出這套《珍本南社舊著叢刊》，以期爲南社研究提供第一手的資料。此所謂「舊著」，當然是指南社社友的早期著作；此所謂「珍本」，則包含以下幾層意思：

一是自這些南社舊著問世，迄今遠則超過百年，最近亦達七十餘年，且絕大多數未曾再版重印過，目前存世極少，查閱頗爲不易，堪稱「珍稀」。

二是其中有的舊著或爲作者鈐印持贈，或爲南社名人藏本，洵爲難得。

三是本次重刊所用底本，均爲南社後裔數代遞傳之家藏本，今蒙其提供影印，尤具紀念意義。

綜合以上三端，此次重刊之南社舊著，底本堪稱珍貴。其中《鐵冷叢談》用一九一四年國民印刷公司初版本；《迷樓集》用一九二一年上海中華書局倣宋版；《直奉兩軍閥史——曹錕張作霖軼事》用一九二二年俄洋印刷公司初版本；《吹萬樓文集》用一九四一年金山高氏刊本、黃賓虹藏本；《浩歌堂詩鈔》、《松陵文集》、《笠澤詞徵》均用「百尺樓叢書」初印本。其中《松陵文集》、《笠澤詞徵》雖非原創而爲輯錄前代作品，但卻屬纂輯者陳去病耗費多年功力精心蒐輯考訂之經意之作（《松陵文集》並經柳亞子等人校勘），文獻價值既彌足珍貴，學術價值亦自不低，故一併收入。以上七種圖書，底本或爲刻本，或爲石印、鉛印本，其原有舊式目錄未標頁碼，檢索頗有不便；本次重刊，均爲編製詳細目錄，以便查檢利用。

一九二二年創立的上海大學，其首任校長于右任、副校長邵力子以及教務長葉楚傖、學務長陳望道等先生，均爲南社社友，且均具有重要歷史影響。作爲新時期的上海大學所屬的出版社，承擔有關南社文獻整理、出版的任務，我們深感責任重大，自然有義務將這項工作做好，爲促進南社研究做出應有的貢獻。

本次影印之七種圖書，作爲《珍本南社舊著叢刊》之第一輯先行推出；今後我們將在叢刊顧問以及南社與柳亞子研究會諸專家的指導下，在中國南社研究聯合總秘書處的大力支持與密切配合下，繼續發掘、整理有價值的南社舊著，分輯絡續出版，以期對弘揚祖國優秀文化、促進相關學術研究有所助益。

上海大學出版社

二〇一六年十一月

本書著者

陳去病（一八七四—一九三三），原名慶林，字病倩，號佩忍，別號巢南、垂虹亭長、法忍、無名、醒獅等，江蘇吳江（今蘇州市吳江區）人。一八九八年在家鄉同里與金松岑組織雪恥學會，回應維新運動。一九〇二年加入中國教育會，發起組織同里支部。一九〇三年東渡日本，加入拒俄義勇隊（旋改爲軍國民教育會），又主持《江蘇》雜誌筆政；同年回國，在上海愛國女學任教。一九〇四年任上海《警鐘日報》主筆，當年十月與汪笑儂等創刊《二十世紀大舞臺》雜誌，提倡戲劇改良。一九〇六年加入中國同盟會。一九〇七年在上海主持國學保存會會務，編輯《國粹學報》，並與吳梅、劉季平等發起神交社。一九〇八年初與徐自華等在杭州組織秋社，同年又赴汕頭主持《中華新報》筆政。一九〇九年與柳亞子、高旭发起成立南社。一九一一年十一月與張默君等創辦《江蘇大漢報》。一九一二年一月至紹興擔任《越鐸日報》編輯，參與組織越社。一九一三年參加二次革命，任江蘇討袁軍總司令部秘書。一九一七年赴廣州護法，先後擔任護法軍政府海陸軍大元帥府諮議、非常國會秘書長、護法國會參議院秘書長等職。一九二一年再赴廣東，出任北伐大本營前敵宣傳主任。一九二四年出任國民黨江蘇臨時省黨部委員。一九二七年後歷任江蘇省黨部監察委員、文物保管委員會蘇州分會主任、江蘇革命博物館館長、國民黨中央黨史編纂委員會委員、國民政府考試院委員、內政部參事等職。與孫中山先生關係密切，中山先生曾以「十年袍澤，患難同嘗」概括兩人情誼。著有《百尺樓叢書》等。

目録

敘一・汪兆銘……五
敘二・侯鴻鑑……六
敘三・姚錫鈞……九
敘四・柳棄疾……一一
敘五・徐蘊華……一三

卷一 東江集

松柏行呈杏廬夫子壬辰……一七
夏日閒居癸巳……一九
初秋書感甲午……一九
謁師杏廬譚讌竟日謹呈兩律乙未……一九
讀《竹書紀年》丙申……二〇
江行雜詩丁酉……二一
盤門夜泊戊戌……二一
松陵詩派行己亥……二一
沈子樹茂才大椿安貧力學士也秉其先世水西給諫之懿訓恂恂端確望而知爲謹飭之士因贈詩以勗之……二六
獨步垂虹亭望積雪並追懷顧雪灘諸先哲……二六
冒雪渡龐山湖至同里……二七
詠懷庚子……二七
初春退思草堂見霧遲沈六不至辛丑……三〇
舊跋……三〇
又跋……三一

卷二 壯遊集

將游東瀛賦以自策癸卯……三五
大阪懷徐福……三五
自梅田驛乘汽車赴江戶道中作……三六
薄游上野因登淩雲閣騁望……三六
東京雨後寓樓倚望……三七
泰伯仲雍……三八
題明孝陵圖……三八
題鄭延平戰捷圖……三九
重九歇浦示侯官林獬儀真劉光漢……四〇
輯陸沈叢書初集竟題首……四一

題警鐘日報……四一
贈林劉二君子……四一
與竹莊憲邕論女學……四二
與宗素濟扶兩女士論文……四二
癸卯除夕別上海甲辰元旦宿青浦越日過澱湖歸於家……四三
暮春苦雨……四四
讀史雜感……四四
華葩四章……四五
横泖懷二陸乙巳……四五
泛舟游佘山……四六
簳山懷余瑾……四六
下山遇獵人……四六
仲春晦日由楊莊抵曹家渡即晚驅車赴上海作……四七
稼園哭威丹……四八
別上海……四八
鳳谿道中用郭丹叔集中韻……四八
舟過青浦……四九
將離思先妣也自先妣沒而不肖學殖日以落雖有綠陰如黃萎何……四九
夏夕讀殷氏松陵詩徵時予方盡失其拜汲樓詩稿而所輯鄉邦遺文數十卷及此本獨未散佚一若有陰護之者爰感而賦此卷故有陳夢琴希恕題詞即同其韻……四九
觀夏考功遺札……五〇
讀瞿稼軒蠟丸書……五〇
觀楊維斗先生小札……五一
珠蘭……五一
吳門過程學啟祠……五一
虎丘過李合肥祠堂不入……五一
贈吳祝臣堯棟時君方贈予長興伯遺稿……五二
采芝圖爲沈騷廬廷鐘題……五二
夢雪郎時君卒已四年矣……五三
喜得無畏書却寄……五三
斠定長興伯遺集謹書其後……五四
秋鐙……五五
夜過毘陵驛……五六
焦山中流遇急湍……五六

卷三　黟山集

丙午元旦……五九

過虞山……五九
涇縣道中賦雪……五九
別旌德縣城喜大雪初晴……六〇
冒雪踰新嶺有懷金文毅公聲……六〇
來新安兩月矣卒卒未暇弄翰偶從枕上得數絕句以寄同人……六〇
喜得海外書却寄……六一
清明屯谿道中念先世祖墓有爲族人盜賣者不禁泫然……六一
自柘林橫渡登岑山佛寺……六一
太炎將脫于理詩以招之……六二
春暮獨坐紫陽書院……六二
匡廬書來多厭世語欲從予游予尤厭世人也方將振健翮事冲舉以求乎無爲之鄉又烏可偕吾游耶故歌以答之會心者當不遠也……六三
歙州城上望黃山作……六四
獨坐披雲峰下……六四
再游如意寺……六四
玄悟一首寄匡廬……六四
自歙州入山中投止下洽三十韻……六六
將禮天都特詣湯池洗祓還宿紫雲庵齋宮二十八韻……六七
慈光寺……六八
石門磯遇雨……六八
登天都觀雲鋪海作……六八
文殊院夢太炎出獄未果泫然書示衲子……六九
大風雨自黃山絕頂降至湯泉浴罷禮佛二首……六九
再宿紫雲庵聞山僧弄弦索高歌怪之……七〇
浪游黃山還次湯口程翁明德治具留宿夜話有作……七〇
容谿夜宿……七〇
將歸具區羅生蕚持紙乞言爲書此貽之……七一
放舟新安江晚泊瀨水有作……七一
七里瀧……七二
嚴瀨謁子陵祠登釣臺西望謝皋羽慟哭處……七二
夢中過桐廬作……七二
贈劉三……七三

虎林雜詩四首……………………七三
江行雜感二首……………………七四
重過西臺尋謝皋羽墳不得返舟獲巨鯿一頭食之甚肥……………七四
晚經茶園淳安縣東南六十里地也……………………七五
讀吳駿公集……………………七五
過方嘯琴文雋齋頭觀李長蘅爲陳文莊公所繪山水及眉公畫梅長卷……七五
秋夜山中不寐……………………七六
良夜月色甚明屯谿沈鈺羅蓴鄭儀諸子邀飲小蓬壺示邁樞魯德……………七六
孫列五麟邀過其莊讌飲甚歡賦此奉酬……七六
績溪胡佐邀同諸子再集小蓬壺看月用前韻……………………七七
中秋自屯谿赴唐謨飲許氏花汀同座有賀子吉嚴公上陳魯德費公直邁樞諸子……………七七
九月朔日偕邁樞作齊雲之游出門口號……………………七八
夜宿藍渡在休寧城西十里其水發源黟縣東下屯谿入新安江……………七八
自望仙亭循桃花磵登天門觀羅漢洞上雲梯謁玄天太素宮有感……………七八
自玉屏過紫霄崖歷三姑峰望五老獨聳諸峰上方臘寨抵聳翠庵……………七九
聳翠庵前望樂平婺源諸山有懷朱晦庵洪忠宣沐西平及范文程……………七九
東陽道院小閣與邁樞對飲望黃山作……八〇
欲上香罏峰不果……………………八〇
珍珠簾觀滴水在文昌巖傍……………………八一
羅念庵詩碑二在羅漢洞妄人以其石淵淵作響有若鐘磬擊成兩穴其末穿者尚三四不禁惋惜久之……………八一
過戚繼光與客同游題名處在羅漢洞左石壁上……………八二
休寧過葉生世寅家生好藏書尤多秘籍所以餉予者甚厚……………八二
古城巖下觀魚在萬安街之南旁有還古書院爲金正希文會處……………八二
還古書院有懷金文毅公……………………八二
山中寄劉申叔……………………八四
九月初七日新安江上觀水嬉並爲有明尚書蒼水張公作周忌……………八四
歙州迎神出游有故明將軍胡大海劉綎二像紀之以詩……………八五
十月初四在屯谿遇豫章人賽會……………八五
登黎陽主簿山……………………八六

懷劉三……八六
題淩御史像……八六
寒夜山中讀史弱翁遺詩及徐臞庵哀悼之作……八七
爲諸生講史……八七
晚步河西橋……八八
冬望……八九
歲晏置酒與諸友別乘夜山行十里至朱家村舟中宿……八九
曉別深渡……八九
桐江晚泊……九〇
富春……九〇
歸家雜感……九〇

卷四　袖椎集

讀鄭所南心史丁未……九五
吳門游後半月因事重過昌亭遂覓前舟作竟日游即示天梅諸子……九五
志攘天梅俱以紀游諸作見示並讀安如題詞奉酬一律……九六
丁未四月朔日再上蔚丹塚即事……九七
江上哀爲徐秋陳馬作也初諸子創光復會於江戶以企圖革命徐先率陳馬二子入皖起事秋於浙中應之五月二十六日徐以事洩立刺殺皖撫恩銘於座已與陳馬殉焉又十日秋亦在越被逮死……九七
晝寢雜感……九八
讀管晏列傳……九九
我生示真長秋枚晦聞兼簡無畏……九九
丁未八月海上藏書樓夜坐雜感……一〇一
曼殊自海東還以童時攝影見貽蘭芽初茁婉孌可喜蓋方在其母夫人懷抱中也……一〇二
爲曼殊題孝陵殘瓦……一〇二
夢得柳搖五字醒以語曼殊謂大類別情會貞壯將赴南昌因足成一律贈之……一〇三
腦病復發百感交集書示貞壯即送其行……一〇三
孟冬十日有感……一〇四
秦州陳競全以名進士出宰齊魯旋來滬上啓牗國人不遺餘力今卒逾二年矣將語其嗣魯德葬之蔚丹墓右先以此詩……一〇五
冬夜不寐雜書數萬言仰見月色皎然輒題兩絕……一〇五

崑山道中……一〇六
蘇蘇女學悼馮沼清……一〇六
仲冬下瀚二日被酒恍惚與人並服先朝儒服翩然殊得惟對鏡自視祇覺鬢絲未長耳……一〇六
歲云暮矣挈女兒亨利赴福州路市樓小飲……一〇七
守歲重展神交社雅集攝影有悼馮沼清……一〇七
丁未除夕得除字……一〇七
戊申元旦用元韻……一〇八
正月二十四日會葬鑒湖女俠於西泠橋畔……一〇八
題懺慧詩集……一〇九
戊申三月十九日有事於宋六陵……一〇九
四月初七日立夏……一一〇
初夏越中雜詩……一一〇
有懷劉三鈍劍安如並苦念西狩無畏二首……一一一
四月二十五日偕劉三謁蒼水張公墓並吊永曆帝……一一二
自清和坊跨馬出清波門經南屏疾馳達茅家步岳王墳小飲復馳過秋俠墓經錢塘門抵湧金門外凡週圍三十餘里豪氣未除率成此絕……一一三
自武林入越道出草橋門有悼吳長興二絕……一一三
戊申五月既望余自諸暨來游五洩西龍潭窮極幽險入夜醉眠僧房忽若身在海上高子吹萬攜其從孫小劍來顧言笑極歡無何有二女郎至一年可二十許髦髮垂肩披離左右謂是吹萬眷屬一年僅十七八亦靜婉多致俱招吹萬與譚良久即促吹萬行吹萬遂登車去余方踟躕以返於室忽天梅突至余語以吹萬適才別去君遇之否天梅曰然行復返矣未幾吹萬果返而佛子亦偕焉抵掌欣談儼然荀陳之會豈非生平得未曾有之快哉忽無畏伉儷及蔡子治民

聯翩相顧而余獨狎一大蟒其長
殆逾百丈頗極馴擾未知是何祥
也書寄高氏諸子並作山中掌故……一一三
將去粵中夜集鏡清樓聞陶怡被逮……一一五

卷五　嶺南集

圖南一首賦別戊申……一一九
訪安如……一一九
初度將及雜成六截……一一九
中元節自黃浦出吳淞泛海……一二〇
溫州洋……一二一
崎碌……一二一
問雁……一二一
書黃門公集……一二二
隆武帝后忌辰泛海登別島書寄同
人……一二三
沼清死一年矣情不能忘詩以哭之……一二三
病中有感寄社友……一二三
九月初七日爲明尚書張蒼水先生
二百四十五年週忌用丙午新安
江上追悼舊韻……一二四
九月十九日爲顧端木劉公旦錢彥
林夏存古諸公三十餘人俱殉國
於南京之辰用賦哀詞以告有衆
庶幾終古之涕不致於我獨揮也……一二四
九月二十晚颶風驟作入夜更烈暴
雨乘之潮漲踰丈舉室內外一片
汪洋四壁震撼若將頹焉余方愁
病不覺心悸宵深無寐記以此詩……一二五
十月朔日病起口號……一二六
千仞以余病且久特邀醫治之及病
大瘥復置酒相慶不覺酣飲極歡
乃報以此詩……一二六
悲懷……一二七
集唐寄意……一二七
再集唐四首……一二八
三集唐六首……一二九
自潮海赴廈門道中風雨交作……一三〇
自廈門泛海登鼓浪嶼有感……一三〇
與漳州游君談鄭延平遺事……一三一
廈門寮仔後街爲鄭延平王操練水
軍處四山纍纍皆荒冢也通商以

來市壥櫛比鼓舞如雲非復昔時
景象矣余居於此十日詩以紀之……一三一
志儒書來言黃亮叔先生象曦死矣……一三二
天梅以與渠別字相同作詩見寄余
既答之矣復念亞廬名亦與余類
詩以贈之……一三二
十月二十三日有事於雙忠大忠之
祠……一三二
潮陽海門灣蓮花峰宋文丞相望少
帝處也余登東山水簾亭見其地
白日銀濤漾瀁無極以相距二十
里不及至遂賦此章……一三三
十月二十七日自潮海赴香港中夜
望海有作……一三三
留題羅浮山黃龍洞……一三四
自厓山麓之干沖橫渡海面至三村
作……一三四
厓門四律……一三四
厓門阻風雨……一三六
十一月七日爲瞿張二公殉節桂林
之辰慨然有作……一三六

卷六　呻吟集

病中雜感己酉……一三九
病愈矣忽復大作不覺戚然……一四〇
送楚傖之粵……一四〇
病榻書懷……一四一
三紀初度書寄同志時瘍病漸瘳由
滬回居蜆水……一四一
七月十四夜對月有懷……一四二
重過西塘就醫……一四二
蘆墟泗洲寺永安橋爲楊維斗先生
殉國處余過其下屢矣爲賦一律
以誌哀惘……一四二
吳門寓齋題壁……一四三
賦得韓亡子房憤爲安重根作也……一四三
唐莊庚戌……一四四
題沈君墨小詞……一四四
送春……一四四
紀夢中人語……一四五
與諸生夜話……一四五
夏日過全福寺……一四五
清遠庵有懷熊魚山相國……一四六

寄天梅小景……一四六
初抵虎林酒樓坐雨辛亥……一四六
金陵雜詩……一四六
雲程萬里圖爲陳劍魂題……一四九
後望嶽圖爲祝心淵題……一四九

卷七　光華集

贈張溥泉壬子……一五三
自浙入湘喜晤夢蘧君劍諸社友……一五三
偕夢蘧醉厂游嶽麓有悼陳天華烈士……一五三
紅拂墓在醴陵縣西李衛公祠後山上……一五四
題湘鄉成琢如本璞填詞圖……一五五
題宋癡萍菊隱圖小景……一五五
題醉庵小影……一五五
中秋夜左湘陰園池坐月……一五五
長沙題鈍根小照……一五六
洞庭舟次寄別湘都督泊南社諸子……一五六
孤山探梅未放即呈鐵華女士……一五七
偕遯初游靈隱韜光煙霞石屋諸勝癸丑……一五七
靈隱僧房與遯初諸子夜話……一五八
哭鈍初……一五八
自兗州過曲阜謁聖廟孔林四首……一五八
陋巷……一六〇
去魯……一六〇
登岱……一六一
泰山絕頂登封處題壁……一六一
立夏再集崇效寺分韻得丹字即送芷畦南歸……一六一
雨後……一六二
哭夢逋老友……一六二
京師重晤黃晦聞……一六三
鈍初卜葬有期詩以哀之……一六三
出塞望蒙古……一六三
夜宿張家口獨步通橋望月……一六四
通橋月夜聞歌……一六四
四十初度黃海舟中遇霧一首……一六五
落葉……一六五
贈勇忱……一六五
酬鈍根醴陵山中……一六六
哀陳勒生……一六六
春暮集樸學齋甲寅……一六六

重游北固山……一六七
題潘老蘭圖卷時余方從京口無錫歸也……一六七
哭黃摩西人……一六七
哭徐子鴻秀鈞……一六八
梨花里留別亞子……一六八
夢季高……一六八
夢劉三……一六九
弔張伯純……一六九
重過逸廬……一六九
泛舟碧浪湖因游道場山登絕頂騁望……一六九
嘉平望日自吳興放舟至鶯脰湖月色皎然遂過梨里訪亞子……一七〇
夜過分湖一路看月出谷水……一七〇
挽虞山沈母趙夫人……一七〇
劉廉卿先生七十令子季平徵詩……一七一
爲蔡寒瓊題郭頻伽手寫徐江庵詩冊……一七一
訒宀見睬韋齋初我懷廬諸公肥寛韻倡和之什因繼聲投韋齋……一七二
酬初我……一七二
再贈初我……一七三
述懷疊前韻……一七三
有感四首……一七四
民國四年除夕飲訒公家……一七四

卷八　湖上集

湖上懷貞壯丙辰……一七九
江上遲烈武……一七九
烈武邀集江樓……一七九
江樓與烈武別……一八〇
湖上閒游簫劍並載過西泠橋見者幾疑白石小紅再世也……一八〇
秋心樓晚眺……一八〇
避雨照膽臺晤季陶孟碩因同謁香山公於湖舫……一八一
陪香山公西湖秋泛回集秋心樓有作……一八一
會稽游應孫公教……一八一
象山港即事……一八二
普陀兩首呈香山公……一八二
唐繼興靈櫬南旋詩以弔之……一八三

英士歸葬吳興爲賦輓歌送之 …… 一八四
謁克強靈幃 …… 一八四
重上京華示諸同志 …… 一八五
北出居庸關 …… 一八六
宣化道中 …… 一八六
少年行四首張綏道上作 …… 一八六
自陽高縣抵大同 …… 一八八
大同懷古 …… 一八八
贈孔庚時爲大同鎮守使 …… 一八八
晚抵豐鎮 …… 一八九
豐鎮車站長崔君語余明妃塚所在余考之舊志良是並聞蒙語歸化城爲青城尤可異 …… 一八九
崔君又語余豐鎮西去十里爲德勝口古紫塞也戲成一章示之 …… 一八九
豐鎮見雪 …… 一九〇
歸櫂 …… 一九〇
家居雜詩 …… 一九〇
立夏前三夕紀異丁巳 …… 一九二
大雹後有感 …… 一九二
眎李曉暾縣長 …… 一九二
嚴夫子墓在爛谿東風蕩水中潮汐衝決傾毀日甚春初言於邑侯李君伐石修之秋晚過此有作 …… 一九三
自嚴墓至梅堰道中 …… 一九三
盛澤晤沈秋颿即題其櫂歌 …… 一九四
寄安如 …… 一九四
客有述黃花岡之役紹興某女士殉焉爲賦二絕 …… 一九五
別西湖經歲矣重過寥寂異常不覺淒絕 …… 一九五
耕煙圖爲顧靜厓題 …… 一九六

卷九 護憲、近游合集

護憲集

湖上雜感二首戊午 …… 一九九
秋感 …… 一九九
賦別 …… 一九九
泛海 …… 二〇〇
重過韓江分贈 …… 二〇〇
潮汕道中 …… 二〇一
酬王愚真 …… 二〇二

偕荷公小枚愚真登韓江樓……二〇二
金山援閩浙軍總司令部登眺用石
上所刻宋熙寧間廣東南路轉運
副使許君見遠亭韻……二〇二
食龍眼……二〇三
輓江柏堅先生……二〇三
紀夢……二〇三
有望……二〇四
內子安霞死一年矣于其忌日感成
三律……二〇四
重過見田別墅……二〇五
自沙汕頭泛海赴香港一首……二〇五
素馨斜禺樓第一集分題……二〇六
新會橙……二〇六
禺樓三集分得不字……二〇六
禺樓四集分得無字……二〇七
不寐一首賦寄亨兒己未……二〇七
三月二十九日有事於黃花岡禮成
有作集玉谿生句六章……二〇八
題畫蘭……二〇九
天貺節爲亡婦生日……二〇九
孟秋朔日初度一首……二〇九
中秋臥病百子岡得亞青死耗……二一〇
粵歸喜晤樸安……二一〇
天平看紅葉賦示樸安仲可子實屯
艮哲夫景瞻際安諸同游……二一一
胥江即目……二一一
仲可丈囑題純飛館填詞圖……二一一
題屯艮所藏雷峰塔經文拓本……二一二
題河東君像暨妝鏡拓本……二一二
題寒隱圖……二一二

近游集

題鈕巽溪先生遺像應令嗣家魯囑
庚申……二一四
往者子超謀葬勒生西湖之上余爲
覓得其地購之頃聞安槻有日不
禁悲喜交集矣……二一四
洪濤之滇賦此爲別……二一五
書嚴濬宣庸女圜事畧……二一五
壽陸廉夫丈友恢七十……二一五
酒醒有懷……二一六
茅舍粗成適閱香山浩歌行欣然有

會因取以名吾堂……二一七
屯艮席上送安如還里時屯艮將還湘中予亦歸隱故並及之……二一七
蘭皋席上聞巴陵之捷即送屯艮歸里……二一七
不見效魯靜安二子數年矣頃來握晤不勝感概係之因貽以一律亦幸二子之還以教我也……二一八
效魯屬題所居坐忘廬……二一八
分湖游兩首題曉風殘月之舫兼贈亞子……二一九
分湖雜詩……二一九
東蘆郇喜得磐折廊刻石酬錢釣璜……二二〇
侯保三鴻鑑以所箸塞外紀游見貽書此奉答……二二一
苦雨……二二一
喜得梅郇西江紀游冊子蓋爲吳來之昌時作也即用鴛湖感舊韻題之於後……二二一
續題西江紀游畫幀八絕……二二二
墜樓三章……二二三
蜆江留別亞盧摶霄率初大覺公直君崇諸子……二二四
酬董望周正……二二四
覺生於廣州市上得古畫一幀爲題二絕……二二四
喜梁任見過……二二五
汝航省三同集草堂有作並眎梁任……二二五

卷十　從征、南雍合集

從征集

十年歲首對雪有作辛酉……二二九
答羽生……二二九
紀夢……二三〇
蘭臯圖爲率初題……二三〇
重遊粵中放洋口號……二三一
將爲曼殊卜葬湖上呈元首六絕……二三一
哲夫四十溶尼以甘天寵畫蓮爲壽來乞題……二三二
重過荔支灣……二三三
立秋……二三三
將還吳門詣觀音山與元首話別……二三三

鮀江晤蔡潤卿李展雲各貽一絕……二三四
辛君卓人招飲並以越南犀杖見貽
奉酬兩絕……二三四
卓人爲予言別墅命名之意即題一
絕……二三五
重過見田別墅贈卓人……二三五
瓜涇夜泊……二三五
到家即目……二三六
憫澇……二三六
酒間與家人話亡婦軼事……二三六
題西園雅集第二圖……二三七
留別斜塘諸社好疊前韻……二三七
墮地和亞子韻……二三八
夜讌……二三八
辛酉殘臘挈亨兒冒雪過嚴扇雜感……二三九
內子安霞將祔先人之兆詩以敘哀
壬戌……二三九
從香山公於韶關行幕……二四一
同梓琴諸子集得月樓即事樓在韶州城東門外湞江之上……二四一
曲江浮橋觀月……二四一
偕玄玄民畏伉儷暨鄭冬心衡之劉
漢川雲昭重集得月樓……二四二
圍城自遣……二四二
下半年生我最先予童時語也頃自
粵歸偶與散木及之遂鐫一章適
值初度輒成五絕索同好和焉……二四二

南雍集

重至白門與瞿安把酒倡和……二四三
重與瞿安小飲倡和……二四四
偕瞿安夜過下關歸吳車中倡和……二四四
秦淮畫舫有名多麗者頗精雅可喜
因與瞿安小飲聯句……二四五
尋徐中山東花園及舊院遺址還集
多麗舫鴝鵒瞿安俱斐然有作余
亦繼聲……二四五
又夜飲聯句……二四六
過舊貢院觀明遠樓號舍至公衡鑑
諸堂遺跡聯句……二四七
移家白下一首……二四七
感逝……二四八
莫愁湖有懷徐中山王癸亥……二四八
五十初度……二四九

卜居洪武街夢中得此……二四九
輓徐母馬太恭人……二四九
夢羽生長鄉縣醒而異之書以代簡寄天台山中……二五〇
運甓圖爲陶亦園題……二五一
雲南起義日歲寒社第一集示溥泉精衛右任安如懺慧志伊陶遺樸安楚傖十眉心蕪孟芙湋平景秋劍曜諸子……二五一
十二年除夕精衛招集香山公私邸賦呈歲寒諸友……二五二
精衛連夕招飲會其南去余亦西邁因以爲別……二五二

巢南先生五十壽言 柳棄疾 余其鏘 選錄

啓

爲陳佩忍先生五秩徵文啟・柏文蔚等……二五五

傳

垂虹亭長傳・陳去病……二五七

敘

陳佩忍先生五十壽言・吳　梅……二五九
陳巢南先生五十壽序・柳棄疾……二六一
陳佩忍先生五十壽序・田興奎……二六三
陳巢南先生五十壽序・錢祖憲……二六五
壽陳佩忍姊丈五十文・唐昌言……二六八

頌

陳佩忍先生五秩頌并敘・于右任等……二六九

詩一 五古

壽佩忍先生五十用吳梅村壽王鑑明五十韻・吳　昭……二七一
祝佩忍先生五十壽・費　鏡……二七二

詩二 七古

奉壽佩忍老友五秩・高　燮……二七三
壽佩忍先生五十並博同社一粲・傅熊湘……二七四
吳江陳佩忍去病五十生日詩・吳恭亨……二七七
壽佩忍先生五十・朱　昀……二七九
用鄭子尹壽莫猶人先生韻敬爲巢

南先生壽・田名瑜……二七九
壽佩忍先生五十・張　權……二八〇
佩忍先生五秩大慶・曾　樸……二八一
陳巢南先生五十壽詩・胡韞玉……二八二
佩忍先生五秩大慶・任鳳岡……二八三
壽陳佩忍先生五十・蔣維喬……二八四

詩三 五律

佩忍先生五十壽用杜老贈陳補闕韻賦寄四首・田興奎……二八五
垂虹亭長五十大慶・褚輔成……二八五
佩忍先生五秩壽辰詩以祝之・林懿均……二八六

詩四 五排

佩忍先生以七月一日屆五秩生辰諸名流爲徵文啟將使海內人歌詠盛德爲先生奏一觴元適暑假不克踵階恭祝率吟巴辭二十韻以博一粲幸先生有以教正之・錢貞元……二八六
恭祝佩忍先生五秩大慶尚希教正・楊鴻年……二八七

詩五 七律

佩忍社長五十初度・沈　礪……二八八
佩忍老友先生五十大壽・陶　牧……二八八
壽垂虹亭長五十・方榮杲、淩祖壽、郁世彛各一首……二八九
佩忍先生五秩榮壽大慶・辛卓人……二九〇
壽陳佩忍先生五十・蔡潤卿……二九〇
佩忍先生五十大慶・侯琴譜……二九〇
俚句奉賀佩忍夫子大人五十弧辰・陳閎慧、李　滌、張肇桐各一首……二九一
祝陳佩忍先生五秩壽三章有序・沈大椿……二九二
恭祝巢南老世伯五旬大慶・楊明皓……二九四
佩忍老師大人五十大慶・趙汝歡……二九四
賦祝巢南寄父五十榮慶・嚴秀芳……二九五

詩六 七绝

巢南先生五十攬揆紀念・吳　灝……二九五
佩忍先生五十・汪東寶……二九六

小詩敬壽佩忍先生五十初度・丁祖蔭……………………二九七
題畫壽佩忍先生五十・黃質……二九八
小詩敬賀佩忍太老師五十・潘敏……………………二九八

詞

南呂滿江紅・吳梅…………二九九
壽星明祝佩忍先生五十大慶・胡穎之……二九九
五十壽言勘誤表…………三〇一
六十述懷四首・陳去病…………三〇二

浩歌堂詩鈔

共和十三年元旦

李獮署

浩歌堂詩鈔

張繼題

叙一

愚平日論詩以意境爲先難者謂祇具意境則詩之不同於文者幾何應之曰孔子曰繪事後素言繪事後於素而已非謂既有素在則繪事可廢也意境者詩之素也格律聲色者詩之繪事也意境善矣而格律聲色有所未至所謂刻鵠不成尚類鶩者也意境不善而徒斤斤於格律聲色則所謂皮之不存毛將安傅者也物有本末事有終始知所先後則近道矣於詩何獨不然持此說以衡古今人之詩格律聲色可尋摘者往往而有而究其意境則又往往使人廢然意沮富貴功名之念放僻邪侈之爲阿諛逢迎之習士君子平日所不以存之於心不屑宣之於口者而於詩則言之無恤其於無邪之旨失之遠矣晚近學者欲矯其弊乃創爲新詩夫所謂新者新其意境乎抑新其格律聲色乎果新其意境則格律聲色雖無變其舊何害

若徒新其格律聲色而已則所謂逐末者也故詩無所謂新舊惟其善而已而所善者先意境而後其他意境既善則進而玩味其格律聲色善者欣賞之不善者糾繩之意境不善則直擯之可也南社諸子以文章氣節相尙故其所爲詩格律聲色雖無大異於人而意境則有其獨到二十餘年來流風所被庶幾所謂頑夫廉懦夫有立志者不可謂無裨於藝林矣陳子佩忍尤南社中之矯矯者也少年時負奇氣一往無前今者垂垂老矣而精悍之色猶發於眉宇其所爲詩志趣貞潔而情感穠摯沈著痛快處往往突過古人非特於詩致力深至所素養者然也諷誦一過感不絕於心因以平日論詩大旨及所期於南社諸子者拉雜書之以爲之序中華民國十三年一月四日汪兆銘精衛謹序

大雅不作詩教淩夷敦厚温柔之義漸偕秋風敗葉俱闃寂於塵寰此文學之日衰而亦世道之深憂也鑑不敏少嗜詩年十一學爲韻語迨弱冠所與交游者大抵皆能詩既而交游日衆而能詩之友乃日少又十年海内外識鑑者多而能詩者寥若晨星矣吳江陳君佩忍二十三年前同游日本時詩友也當同舟渡太平洋乘長風破萬里浪慷慨悲歌不可一世執卷伊唔吟寫海景舟行五日得詩成帙迄今閉目思之其事猶在目前乃歲月不居忽焉已老前年陳君來錫贈鑑以詩有歸來一臥滄江晚回首前塵夢欲飛句伏櫪雄心想見猶未盡泯也今春來錫示鑑以舊著謂將付刊鑑不禁躍然曰此千秋事業也宜速之蓋昔者陳君奔走國事凡感慨抑鬱之時或擊節高歌或狂呼縱酒人莫知其底蘊自南社成立陳君詩文時時發露世始佩陳君之才橫氣恣有不可以繩尺論者矧今歐化西來而

東方文藝所受之影響甚大倘吾人苟有可以自信者在使非早自編輯及身以付棗梨則他日文字無靈名山事業寂寂千秋豈不可慨也哉今陳君任東南大學文科教授負海內文學改進之責際此無韻新詩不脛而走而舊時社侶零落江南愈增寂寞鑑亦南社之一人安得不慨夫新陳代謝之離奇而起俯仰無涯之感喟哉茲者陳君來錫謂己命其女公子縣祥搜集舊稿成浩歌堂詩鈔十卷索鑑爲之序鑑不文曷足以序陳君之詩惟思天地自然之至理非吾人之有性靈者莫能闡發其微宇宙自然之美情非吾人之有天才者莫能精審其妙由天籟而發爲人籟由自然而表現美情非詩孰得而揚摧之陳君之詩天籟也人籟寓於中署曰浩歌殆有以夫今後之詩教其存其亡雖不可知陳君之詩既付剞劂自可爲學詩者之模範苟天地尚未至末日則世之倡詩教革命者愼勿視斯集爲

可束閣而誦斯集者盍以此爲叔季之詩宗橫流之砥柱乎共和建國之第十二年十一月一日無錫病驥老人侯鴻鑑序

叙三

吳江陳去病輯其詩爲浩歌堂十集以付剞劂而索序於余日者過其寓齋陳君舉酒相屬慇懃告曰必索我疵免暴其短廣衆中是子之所以愛我也嗟乎陳君以湖海之人豪丁龍蛇之運會卅年張儉久勞黨錮之餘生四海習君老謝襄陽之半士今者舊物雖復積陰益鼃君方且沉冥酒盃聊浪世外投轄消其壯氣驚坐鬱爲雄談固將撲筆而起敝屣玄文雕蟲不爲卑嗤小技而乃復屑意於是區區耶若其爲詩高絕之詣則有可得而言者明代王李盛倡唐音牧齋梅村競爲杜白獨我鄉黃門公玉佩瓊琚龍臥鳳視囊括漢魏炊累三唐而復張恥魯憤氣節炳然君生煙波之近鄉追幾復之遺迹洪

音獨振高眄遠周雖多子美之窮愁庶幾孝祥之忠愛比踪黃門殆其流亞此其詩之以品勝者一也夫登高作賦古稱雅音御氣以游斯恊至道山川岩遙君子善假於物濠濮容與達士有會於心君以温方城之乂手兼徐霞客之善遊風來廣漠吹出塞之黃沙山到西南攢刺天之碧玉搜剔萬彙寫繪百篇江神猒心山靈拊掌此其詩之以遊勝者二也詩窮後工言愁易好徵諸往昔達例類然君抱嘗胆卧薪之志飽劔炊矛淅之艱貧無長物惟看花鳥之親人病過春風恆慮日月之逝我未免長謠適志短詠寫憂乃貞松既勁於歲寒良金益精於大冶淩飈之羽加迅逆風耀夜之目增明匿景此其詩之以窮勝者三也古者退之山石淮海薔薇勁媚難兼剛柔異趣君既工倚天擘海之奇復饒初日曉風之致大句則長城比雄小唱復春葩競艷所謂賁鼓朗笛疎密並工者矣此其詩之以才勝者四也

錫鈞忘年忭契輸誠至今同客陪都屢從文宴不辭蘿附久欽壇坫之主盟願寫蓬心竊比高山之仰止抽筆成辭主臣而已中華民國十三年一月雲間社小弟姚錫鈞敬撰

叙四

我邑松陵居江湖之委靈鍾秀毓彬彬乎其有文稱詩之士自季鷹希馮以降代有作者觀袁殷陸三氏所掇拾可按籍而稽焉陵夷至于清季士習干祿之書家蘄速化之學文藝緒餘不絕如綫巢南陳先生孤根崛起弘覽博物尤慷慨負經世大畧奔走革命蠣灘鰲背側足焦原意氣迄未稍減亦頗網羅鄉邦文獻嘗應邑侯李畯廬聘主撰縣志以變故中輟顧所輯松陵文集笠澤詞徵已裒然次第行世矣今歲孟秋爲先生五十初度以友朋慫臾出其詩十卷付梓且來屬爲叙秉疾私謂詩特先生餘事耳顧以海涵地負之才値草昧

貞元之世指陳事變所南心史之倫憑弔故人晞髮西臺之亞由其自反而縮故能無往不工雜諸邑先哲王戴潘吳集中可亂楮葉彼稼堂虹亭以下曾何足儔比哉由是以論我邑宗風集明清兩代詩學之大成赫然爲騷壇盟主非先生其誰屬昧者不察徒見一二人之篇什輒沾沾震驚以爲足概松陵詩派之全非直昧於證今抑亦瞢於稽古已棄疾不佞辱先生靑眼論交在髫紀之間二十年來把酒高譚每冥然有神會近雖銳意新猷欲樹文學革命之大旆顧獨以爲先生之詩去華反樸屏絕雕鑱且其奮鬬之精神恢弘之器宇皆有不可磨滅者在故樂得而叙之抑先生交游遍海內不徵叙於當世負重名者而獨授簡棄疾倘亦以爲知先生者莫如棄疾歟然則相視而笑莫逆於心吾兩人殆有默契於語言文字外者爰推論其說而著之於篇中華民國十二年冬邑後學柳棄疾撰

敍五

吾師巢南先生夙承母教頗好爲詩遭時喪亂犇走革命二十餘年志弗得逞酒酣耳熱往往悲歌慷慨以抒其不平之心通計生平所作略得三千餘首顧獨不自收拾或經亂散佚今可讀者僅此區區十卷而已然除一三五卷曾經手定外類皆南社中人隨時鈔撮未之審訂又排印迫促頗失次第印成後先生殊弗喜也屢囑姚君鵷鶵許君盥孚家姊儀慧汰其繁蕪約數十首至今歲春先生自漠北還蘊華謁之湖上又囑爲斠正同時並得逸詩四五十首因重爲補綴付之梓人刊既成遂誌其原委如此民國十四年四月朔崇德女弟子徐蘊華謹跋

东江集

汪兆铭题

精卫

浩歌堂詩鈔卷一　　百尺樓叢書

東江集　　松陵　陳去病　佩忍

松柏行呈杏廬夫子 壬辰

入杏花村有古松槃植于超曠之原身輪囷以磅礴體夭矯而飜掀上聳雲漢横槎枒下插地軸盤靈根精華鬱積發光怪疑有鬼神呵護而天地永其秋春氣吸莊前一湖水將以潤澤蒼幹撑薇垣惜哉遭時齵蹇命不達徒令終年淪落歸邱園亦有瘦柏挺古寺森森鱗甲非常器與松日遥對雨露共霑被因嗟松已久儲材甘淪澗壑遭屏棄無華不慕桃李姿特向松前呈嫵媚松耶柏耶且猶然撫松柏者思流連松兮根柢實牢固栢也節操容未堅託根既與貞松近要在一氣相斡旋斯則松也揭蒼冥栢亦賴以全其天疇云松之爲梁棟而栢僅成桷與椽 師云比擬得體足徵沆瀣一氣體格自然超脫無斧鑿痕　又云崇遠禪院宋理宗時敕建松

係元朽庵僧手植五百餘年物向在院庭今院改小故在院外現庭中柏一株乃同治初院僧所植

此壬辰仲冬八日謁師作也先是師來蜆江招綏之與余往藉覘所詣二人俱欣然從之行抵杏廬傍晚矣越晨沈君更生導游崇遠禪院觀古松栢凡留師門者四日頗極文酒之樂師又撰文相勗其詞甚摯即集中所稱示同學篇是也綏之有詩紀事余亦繼聲迺悠悠數歲綏之修文更生多病而余落落如故不足以副期許之盛心重檢得茲曷禁憮絕庚子閏八月垂虹亭長自記時在任氏退閒小築

先師諸杏廬曩遇小子期待甚厚迺天不憖遺喪我先喆梁木之慼八寒暑矣閱松栢行泫然何已己酉仲冬去病又記

少年不識文字之艱苦往往輕于弄翰如松柏行即其一也顧當時頗蒙先師獎諭忽忽三十年矣方撰先師墓碑久之未就于是

知文章之不易而先師獎勵後進之具有深心也適諸生有以韻語相質者因首錄此篇期共訂焉壬戌孟冬去病記于東南大學

夏日閒居 癸巳

十日沈愁鍵戶居午曛閒却一牀書煙浮寶鼎香初散風動湘簾夢有餘俗客何曾混几簟綠陰才好映窗踈遙聽知了聲聲喚悟徹炎涼世味虛

初秋書感 甲午

天地寬如此伊余獨仰歎窮愁多入抱跼蹐竟難安往事隨雲散人情帶醉看繇來朱郭輩行俠豈無端杏廬師云一氣卷舒是盛唐風韻

謁師杏廬譚讌竟日謹呈兩律 乙未

濁世斷難處孤懷渺孰親欲逃荒以外願學古之人無利不成藪有才皆殺身何如從我叟結室峴江濱

北海血千里腥風吼石鯨傷心惟一士無力事長征必有英雄出全將胡虜平閉關絕蹤跡才得罷兵爭

讀竹書紀年 丙申

大撓作甲子歲月始堪推滾滾千萬禩事故何紛歧述者既憚煩閱者亦神疲安得枕秘中上下駢瑰詞大以提其綱小以繫其維正言發妙理偏語雜嘲譏樽酒日相對悠然興遐思是書頗簡畧記載多新奇斷自軒轅世下逮梁赫時依稀七八朝治亂亦易知咄哉空桑子放君圖自爲桐宮礪乃刃潛出竟殺之俗儒不察意貿然肆詆訾詎知作者世昏亂正不治巍巍齊晉君倏忽等輿厮陪臣務篡弒要謂志學伊可憐荏弱君伸討終無期憤懷不能釋大筆恣劃劉明知聖不掩聊復甚其欺先著命卿士後特表奉祠本意自昭昭讀者何猜疑季歷既翦商塞庫禍亦罹微旨原一貫事實非支離吾聞拘墟

者不可以說詩能以意逆志厥義乃可窺又聞春秋例辭志多深微
懿歟此竹書詩史兼設施奈何東晳輩測海徒一蠡（師云胸有權衡始可觀史）

江行雜詩 丁酉

蜃市樓臺賈客僑空青珠貝雜文鰩南徐風物今如許金粉何從問
六朝

魚龍呼嘯水奔撞百萬蛟鼉恐未降獨有東吳陳季子烈風雷雨過
長江

盤門夜泊 戊戌

風清月白露珠浮駿馬輕車賭夜游異境忽開人自眩四方多故獨
含愁堪憐珊網成魚網難解清流付濁流還向甘棠橋上望幻雲頃
刻散當頭

松陵詩派行 己亥

端委化俗文明開延陵觀樂中原回四科言氏尙文學宗風肇起孳胚胎加以太湖三萬六千頃澄泓渟蓄何雄恢朝鐘夕毓孕靈秀天然降茲追屈攀宋之奇才吳歈清越實初祖時命一篇踵厥武(嚴夫子忌)祗憐遺箸恭飄零剩有孤墳空砥柱(墓在爛溪中洲上)藍縷蓽路此其功後有繼者誰與同東曹掾史歌秋風(張翰)先幾獨識歸江東蒓羹鱸膾託遙興江湖風味眞無窮欣然引起鬱林裔(陸龜蒙)晨夕扁舟泛江瀲笠澤叢書才告成松陵唱和多新製因斯篇帙盛流傳踵事增華發凡例三高祠宇乍經營亭子鱸鄉闢清麗灘名釣雪橋垂虹風景吳江絕塵世一時謝氏破天荒父(濤)子(絳)先驅掇科第(謝氏故居今號謝里村)師厚(景初)歐梅廣結交老將句法授佳壻(黃庭堅)維時別有儒林宗(王蘋)三賢學術何宏通(楊邦弼陳長方)勉夫(王楙)繼起苦箸述遂令詩學韜其蹤晚元寓賢惠我顧雲林鐵簫欣遭逢東溪(謝常)釣鰲(陶振)受其學爭以彩筆橫詞鋒

自是人才蔚然起瑤簪瑜珥雜蘅芷景周（荧旦）明古（史鑑）隱漁樵半江（趙寬）雍容佩金紫了凡（袁黃）願力堅且弘翰墨區區餘技耳伯魯（徐師曾）別以經術闢昆侖（王叔承）羨長（俞安期）才力均道行（顧大典）風雅恣諧賞茂申（吳有涯）穎悟尤絕倫扶九（吳翽）恢奇喜結客首創復社來佳賓頡頏張楊作祭酒下筆直攄無縟文一時社集大昌熾門戶爭持立旗幟慎交驚隱及同聲氷炭堅牢互驕恣弘人聞夏（吳兆寬兆宮）數鉅魁玉（錫闡）戴（笠）潘（檉章）吳（炎）更覃思雪灘（顧有孝）屹屹詩中豪美人絲繡多工緻如何遺獻竟無徵零落縹緗渺難致午夢堂前日欲斜疏香閣裡鬟如花分湖過去池亭路中有詩人萃一家仲韶（葉紹袁）首唱宛君（沈宜修）和三姝媚矣何風華瓊章秀慧有仙骨（小鸞）令嫻才調尤堪誇劇憐優曇僅一現蘭摧玉折紛流霞天崩地坼海田易頭陀行者空吁嗟吁嗟世變極紛綸唱和東湖大有人（吳易史玄趙渙號東湖三子有唱和集）時窮共賦六君詠力竭

終爲勁節臣指南後錄滅沒不可見佯狂晞髮何年春（沈自駉自炳孫兆奎趙庚包振包捷其集今皆散佚）而況今茲禁忌重山嶽不祥姓氏烏容陳月泉吟社良非舊制作新朝誰不朽最初首出横山翁（葉燮）獨立蒼茫自爲偶論詩忌熟而喜生陳腐見之寧覆瓿當時門下頗矜持（星期與堯峯不相能）晚年乃得歸愚叟別裁訂定詩徵刋流派吳中迄今久（阮亭見稿上曰横山門下尙有詩人後袁樸邨景輅從沈學選刋國朝松陵詩徵悉秉沈旨云）虹亭（徐釚）改亭（計東）次第興稼堂（潘耒）玉樵（鈕琇）才崢嶸愚庵老儒（朱鶴齡）重經術箋杜亦荷虞山稱秋風一夕悲笳鳴邊城七月黃塵生才高何爲苦行役氍毹鸘鶴多哀聲（吳兆騫出塞箸秋笳集有鸘鶴賦）健庵尙書重氣誼獨以著作（長白山賦）呈明廷遂令漢槎得邱首黼憐志學徒遐征（明沈志學同和會試錄趙鳴陽書藝中元趙另搆中第六事發廷試沈梅花詩百韵頃刻而成帝意解將宥之然卒論戍後得遇赦還云）烏虖諸公盛才藻譬若初唐話天寶後來誰與鴻詞科就中獨有湘南老（顧我錡）惜哉徵書到已遲玉樓去赴修文早三江（逹雲

龍果堂沈彤俱負名何事公車盡潦倒頻伽先生洪彭儔郭麐奇才葛儻
時遠游江淮南北大名滿依稀天馬騁驊騮亦有史書長顧日新富篇什
蒼涼激宕聲勁遒袁棠朱春生徐達源鄭璜俱環拱猶之亭云宗岱邱盧
區自古多英傑朗甫中丞尚清節陸曜與郭麐郭鳳俱盧區人杯水不飲重雲開
夢中得句尤奇絕巽齋北溪錢大培王元文並切礦忘勢交情異攀結於時
繼起稱三張淵父儒者號最良張履鱸江士元雅與惜抱近鐵父海珊恢廓
駒昂昂俱以學術重聞望閒來唱和多篇章徵君翁廣平殷增贈公盡努
力關懷文獻思悠長先民遺什互編纂昔者幽隱今俱彰翁氏頗事搜輯殷有
松陵詩徵前編厥後茲事遽衰替董夢蘭任廷暘陳壽熊沈曰富實津逮四君並佐陸日愛輯松陵
詩徵續編幸翁莊慶椿匏齋李齡壽致意深韜廬持律尤沈細柳以蕃主張壇坫
亦有年遺集流傳見孤詣烏呼諸老盡仙游後顧茫茫問誰繼不才
生晚聞道遲四無依傍疇云師爲憂詩派數將絕追維先輩長獻欷

沈子樹茂才大椿安貧力學士也秉其先世水西給諫之懿訓恂恂端確望而知爲謹飭之士因贈詩以勗之

南鄰有端士喬木舊家風矩矱先民在衣冠古貌同孤童能特立行竈未嫌窮緬彼果堂氏儒林今已崇君家果堂先生徵時以行竈作炊并記其事

獨步垂虹亭望積雪並追懷顧雪灘諸先哲

一夕朔風緊大雪紛如埃瓊英滿郊坰罩地清光來放步出東郭縱望開吾懷踟蹰上垂虹恍惚登瑤臺孤塔聳雲表危機臨水隈群鴉競亂飛入暮林未歸噪寒啞不聲拍翅重徘徊緬懷釣灘人一去今未回亭空逼寒氣橋橫餘莓苔淼淼松江流咽寒久不開寧關節寒沍雀蒲成阜堆憶昔承平時風雅多雄恢斗大松陵城而有天下才此間足勝游清酒時一杯雪擁雪灘叟釣雪盈瓊瑰于時良不遠興衰遽遞催遺獻半淪喪斯文餘刼灰有如此頽景一白無根荄臨風

發浩嘆悲壯聲如雷師云此首得大蘇筆意

冒雪渡龐山湖至同里

征夫苦行役衝寒過長川艤舟不遽發待渡虹亭前積雪滿郊野極目邱山連東郭繞如帶北去殊蜿蜒危塔孑無傍餘赭猶鮮妍周覽愜懷抱褰裳渡清淵紛然霰又集愁雲籠八埏野航窄如甕破颿欣高懸舉眼望湖際一白無中邊枯葭更蕭瑟殘蔘空委壖斷岸不復見何處尋葑田野鴨多哀聲畏寒不得眠群游忽振羽拍拍猶連翩回頭矚雲表玉虬爭舞旋恍覩玉京侶下挈凌波仙翽幢播光怪一氣何纏綿淼淼笠東水莽莽瓊瑤天對景若有失北望且扣舷時有建儲之議中外憂危特甚去去入里閈來結塵中緣

詠懷 庚子

北上黃金臺南望瑤華宮樓閣鬱然起別殿紛穹崇長廊亘復連欲

斷時還通魚鑰帶星落門戶開千重獸環忽振響噌吰如叩鐘芳椒
爇未停香霧疑溟濛明鐙閃流電華燭回昭融佐以馳道迴馬去猶
飛龍輪舟踰宋製飛車來異邦翠華幸來御顧視生春風萬物不常
好盛年難再逢及時弗行樂後悔將安窮不見驪山麓敵騎夜傳烽
王子去求仙國相並學道辟穀事赤松吹笙入瑤島古來卿相豪踄
不逐幽討而況秦漢王努力祈不老而況周天子八駿謁神嫗塵世
多羶腥習見動煩惱肥甘豈獨饜狂瀾奈奔倒濁世誰與謀去覓商
山皓奇服與危冠翩翩集羽葆庶幾偉術神一洗中原獠詎知王者
師得力在弘抱圯橋一卷書區區烏足寶不然張子房史曷紀枯槁
懿歟宣聖桴不載安期棗
胡馬西北來鼙鼓震天起被命赴朔方徵兵集帝里捲甲夙昔馳裹
糧不敢止出自薊北門東趨燕臺市朔風淒以號蕭蕭易水涘樓櫓

鬱層雲旌纛蔽高壘誓師淚盡枯瀝血酒同釃詰朝赴軍前舍生惟
一死鋒鏑固恆情機弩益奇詭幸而克敵師否則埜沙裡生爲人中
豪死作節烈士庶貽千載名忠義耿青史寧肯懷兩端等彼首鼠技
倖生雖一時醜態中外恥
北地多哀鴻流離遍中澤午夜更悲鳴如訴復如泣似言故巢傾卵
雛並毀折近且喪其雄孤獨不成匹鷙鳥來朔方殘忍莫可說驅之
强使飛勞勞不得息幸而事偵羅甚且被淩逼含忍得暫生否則灑
毛血自維賦性奇守義更知節奮飛計未能寧爲牢籠屈堪憐失群
鳥競蹈烈士烈
伍胥亡命徒逼迫事奔走落落韓淮陰漁釣亦徒手天下皆鄙夫烏
繇覓殘糗世無臯伯通梁生終杵血何圖兩英雄蹩躄晤賢婦腹鼓
溯水瀨飯飽漂母缶王孫自可哀千金直堪醜氷鑑出裙釵斯恩實

深厚所以鼎鼎名千秋俱不朽緬彼創霸功宜哉軼前後
我本曠懷士闊達多任情邊幅不加飾窮愁時獨盟結交得數子慷
慨皆豪英諒我不羈性策以千里程寶刀一脫手肝膽相吐傾夫惟
大雅故卓爾乃不群嗟嗟巾幗儔夙昔昧生平虛譽謬甄采巨眼竟
垂青冠履有反覆知交難久并馨逸感卿意結草期來生

初春退思草堂見霧遲沈六不至 辛丑

盈庭曉霧壓莓苔花蕋迷離看幾回紫燕窺簾猶自去子規啼血始
聞哀紅茶寂寂留香住綠蕚沈沈照水開料信故人違昨約探梅莫
肯破寒來

舊跋

友人高子柳子咸自定所作壽諸梨棗以余少好染翰輒約與俱
媿無以應也屬稚癰疽逾時始瘥繇是諸子益以爲言竟不能却

顧近十年來遭逢轗軻心志惻傷雖有所作大氐驩愉之詞寡而窮愁之思切苟遽出之將羣詫爲不祥而懼有所得罪故毋寧閟之而姑取夫少作然益彰余之陋不更可以已乎曰是別有說蓋余少時嘗有賢母以鞠以育以教誨我凡我所學皆母教也故恩母不忘自母云歿而憂患疾苦遂如潮之來以汩我學學亦竟晝不進故尤痛母不忘然母亡而詩未俱亡午夜沈吟恍若悲母之來止則余雖欲棄之而尚忍棄乎故曰余之存詩非存詩也存我母耳使我母而至今存乎則此詩雖覆瓿也可己酉歲暮垂虹亭長自記

又跋

此余二十八歲以前作也年少學不足曷敢自矜許徒以其時先節孝猶健在家况雖清寂而絃誦未輟又得　先師諸杏廬詳

爲評隲俾明嚮往因稍稍寫而存之名拜汲樓詩稿自辛丑夏先慈見背踰年　先師亦捐館舍一時志念悽絕竟致輟業其後塵事紛迫荒落彌甚閒有吟詠恆隨手散去不復存稿以迄于今幾不解韵語爲何事矣同學諸子不薄余之陋慇懃懇摯咸出其所作來相質證余廼欣然動馮婦攘臂之情既與一堂商榷于前遂舉往作刪得一卷付之梓云中華民國十一年十二月垂虹亭長書于東南大學

卷一完　女兒縣祥校字

十二年冬

壮游集

右任题

浩歌堂詩鈔卷二　　百尺樓叢書

壯游集

松陵　陳去病　巢南

將游東瀛賦以自策 癸卯

長此籠樊亦可憐誓將努力上青天夢魂蚤落扶桑國徒侶爭從俠少年寧惜毛錐判一擲好攜劍佩歷三邊擬從朝鮮趨東三省以探察露西亞近狀由來弧矢男兒事莫負靈鰲去着鞭

大阪懷徐福

朝辭宮闕出函關夕向扶桑去不還莫道中原無俊傑避秦先已闢三山

異術長生洵可求三千男女幾征舟扶餘也有虬髯客儘拓雄圖王一洲

員嶠蓬壺覓地新繩繩繼繼殖黃民由來不少哥侖布茲是神州第

一人

龍門山畔藥苗肥熊野峯高墓木稀難得英雄終解脫只留璽鏡未全歸事定功成得而弗有踵神堯之禪讓效子房之辟穀理或然歟

自梅田驛乘汽車赴江戶道中作

琵琶湖上夜潮生富士山前霧氣橫汽笛一聲天欲白曉風吹我入東京

山泉盤屈怒生華峽洞重重走汽車不是長房能縮地竟從幽壑馭龍蛇

紙牕竹屋矮簾籠朴野渾如太古風差比江南好風景鷄栖豚栅乳牛宮所經山麓見農家房屋褊小頗類吳下五通祠

薄游上野因登淩雲閣騁望

淩雲唯一閣拔地十三層妙值櫻花節來參最上乘信知東魯小祇

向曲闌憑奈爾驚人句何繇副九能

東京雨後寓樓倚望

怪風西北來急雨增淒其愁雲俄翕集流電驚飛馳大地迭震盪屋搖尤不支突然作霹靂怖人生危疑冥心坐幽室陰沈如囚羈默想此變故天心殊未知或者竟長夜淋漓無休時遽遭陸沈慘而與其魚悲或則稍淪喪毀我藩與籬決流入堂下浸淫及階墀是俱不可測令吾多憂思天乎苦難問推窗舒鬱伊忽然風雨止須臾還晴曦世界恍新沐光明如琉璃衆綠既霑潤葱翠多風姿峨峨金碧樓明淨尤增奇仰視青天上白雲横空飛妙哉此勝趣髣髴詩燒瓷而我多感慨對景殊歔欷大凡物腐敗則必多棄遺譬如室朽壞必拆而更治何者當改革何者須遷移鉅者或鋸之細者或釐之其尤無用之拉雜摧燒之循是一變置煇煌乃合宜弗然此窳陋得不貽人嗤

人嗤亦猶可自解將何詞顧當更動始論者或我非謂弗如舊貫何好紛紛爲彼其怯弱者中道常乖離而惟沈毅士往往深圖維天人消息間默察微乎微茍其當而已斷然奚畏譏亦如此垢壤黃沙紛康馗行者苦足汙觀者憎目迷假令日擾擾胡可長居茲必也此掃盪皇路乃清夷跫然聽屐聲不憾知音稀

泰伯仲雍

采藥相偕策短笻飄然攜手向江東民無讓國能名德伯有開吳絕大功斷髮文身徇習俗通權達變總英雄文明初祖今何在西望鄉關願鑄銅

題明孝陵圖

燕雲一夕悲笳多匹夫濠上揮金戈怒捉胡兒大聲唾咄爾胡兮久居漢土將云何爾胡自有爾腥羶之舊俗爾胡自有氈毳之行窩爾

獨舍此而南下久居漢土將云何爾何不聞我漢自有軒羲之種族蔓延糾結如藤蘿爾胡不聞我彊我理自有完全之制度秩如棊布如星羅以我漢兮治漢土其成團體如盤渦初非勞爾爲我而操柯初非賴爾爲我而梳爬爾獨舍爾之沙漠久居漢土將云何爾時胡兒噤不語抱頭鼠竄奔如梭一朝大地削蹄跡光復舊物還淳和掃盪胡塵歸朔漠獨完民族奠風波建都金陵勢雄壯跨越江海鞭蛟鼉功成撤手竟長謝崇封營此鍾山阿迄今閱世歷五百佳城鬱鬱何嵯峨所憐王氣已銷歇蒙茸荊棘埋銅駝即今展卷憶前事令人涕泪揮滂沱吁嗟乎玄武湖中生白荷故宮魑魅逼人過凄涼盡屬悲秋況憑弔空憐壯志磨消磨壯氣奈何許起舞横刀發浩歌西望墓門三歎息幾時還我舊山河

題鄭延平戰捷圖

延平郡王眞男兒忠義之氣堅不移四海雖逢朱燄息一木猶思危厦支慷慨唱義意激烈儒服焚將矢立節一蹶金陵志未摧再占臺澎血逾熱胡兒一夕橫江來百萬貔貅勢壯哉代馬似將騰海嶠蘆笳疑欲逼蓬萊蓬萊自古稱仙島寧許戎夷混腥臊鼙鼓喧天殺氣騰旌旗蔽野人聲噪一戰再戰胡兒逃揮刀怒吼讐令報宛轉哀號誰與憐大家拍手殲茲獠吁嗟乎虜騎當年入漢關何人奮起振刀鐶石頭祇見降旛出江上誰聞殺賊還奇哉日域田中子毋節兒賢爭致死扼守雞籠氣自豪戕鮫鮓鱷鯤鯨徙恭奉正朔明天皇誓師北伐何堂堂漢兒奮鬭胡兒創搥圖到今留扶桑噫吁嚱搥圖到今留扶桑披而觀者其毋忘

重九歇浦示侯官林獬眞劉光漢

慘澹風雲入九秋海外寥廓獨登樓淒迷鸞鳳同羅網浩蕩滄瀛阻

遠遊三十年華空夢幻幾行血淚付泉流國讐私怨終難了哭盡蒼生白盡頭

輯陸沈叢書初集竟題首

胡馬嘶風蹀躞來江花江草盡堪哀寒潮欲上淒還咽殘月孤明冷似灰誓死肯從窮髮國舍身齊上斷頭臺如今揮淚搜遺跡野史零星土一坏

題警鐘日報

鑄得洪鐘着力撞鼓聲遙應黑龍江何當警徹雄獅夢景命重新此舊邦

贈林劉二君子

劉子醰醰學派醇肖泉通俗語能新世衰道喪文章敝不逐波濤算此人

與竹莊憲鬯論女學

女學萌芽愧量低要須俚俗導其迷梁園詞采鄒枚筆一例推崇待異時

與宗素濟扶兩女士論文

六朝風格不堪看欲論文章當世難惟有船山數遺老浩然正氣碧天盤（時余方輯王黃顧三大儒文爲正氣集）

未成格調豈成章刻意規橅意便傷上九天而入九地都應盪氣與廻腸

浪使才華詎足奇錦袍敗絮昔相嗤文從字順詞由已茲語吾師韓退之

國學于今絕可哀和文稗販又東來寧知蓬島高華士低首中原大雅才

癸卯除夕別上海甲辰元旦宿青浦越日過澱湖歸于家

夢去無端已到家醒時還自在天涯風狂雨横江潮急却送沈愁過歲華

澒洞鯨波起海東遼天金鼓戰西風如何舉國猖狂甚夜夜樗蒲蠟炬紅

幾个江湖健男子何時投袂振金戈胡兒可却直須却莫使機緣空錯過

匈奴未滅豈爲家重念慈闈兩鬢華烏鳥私情銷不得迷陽却曲恨徒賒

三吳豪俊盡相知文采彬彬有令詞我獨何心弄柔翰靴刀帕首過湖湄

故宮禾黍日離離北望中原淚暗滋辮髮胡妝三百載幾曾重覩漢

官儀

夢中會說革命事截髮原因首及之多恐武靈不胡服大難赤手滅胡兒

澱湖湯湯五十里曾聞盪虜樹旌旗弘功未蕆陳吳死賸讀亭林集外詩陳謂臥子先生吳則松江提督勝兆也亭林先生本澱湖濱千墩人時適讀其羌胡引等作皆集外詩也

暮春苦雨

淺岸俱成澤寒潮直到門不堪花月事都付雨中論

白日長如晦疏櫺晝亦扃獨看楡柳葉添上十分靑

讀史雜感

趙宋河山一旦淪中原冠蓋屬遺民秦淮水咽鍾山冷九世旃裘戴女眞

蒼涼二帝竟蒙塵五國城蕪草不春一例聖安遺恨在得功營是楚

江濱

和林寧復有眞人拭目濠梁景運新辛苦江山還故主阿誰容易畀

珠申

不用干戈用美人漢家失策在和親如今龍種歸沙漠坐看風雲擁

愛新

華葩四章

華葩拗嘉實炫女多不貞寄言嬉春客毋驚桃李榮

水乳有同性鍼芥無乖方如何金石交而爲參與商

我有雙明鏡摩挲生寶光愛子顏色好寧嫌遠寄將

腰間千金刀懸之十年久欲脫贈佳人相逢奈非偶

横泖懷二陸 乙巳

谷水悠悠極伊人獨渺然私憐入洛士徒作辨亡篇婉孌堂誰構士衡

詩髣髴谷水陽婉孌崑山陰後人遂構婉孌草堂配二陸瑶珉玉想堅潘尼贈士衡詩崑山何有有瑶有珉穆穆伊人南國之紀華亭孤鶴在清唳隔遥天

泛舟游佘山

莫問雲閒士先尋物外仙未擕吳地記恰趁陸家船舟子一陸姓老人也白日當春麗青山失舊妍草堂何處是祆廟已崇天干山舊有二陸草堂爲機雲讀書處今失所在獨佘山天主堂極崇麗云

辤山懷佘瑾

我來辤山巔高風溯佘瑾更號笴隱生山翠挹瑩潤時衰運數奇寧退不求進一瞥六百年去去秋雲迅胡虜遍中原赤燄長灰燼入關仍出關斯語疇能信瑾定安句坐見入關仍入關瞻焉顧山椒白日依依盡

下山遇獵人

山禽棲幽篁自謂得所託宛轉一弄音悠悠良不惡寧知有獵人到

處善抄掠登頓歷山椒不惜穿芒屩鏘然突作聲彈丸紛錯落雙翅雖欲飛寸心遽驚愕倉卒生安逃斯須羽竟鎩可憐軀命輕指顧烹鶩鑊回頭看獵人市酒正驩樂

仲春晦日由楊莊抵曹家渡即晚驅車赴上海作

楊莊日淹留忽忽春將暮謀事百不成疇得知其故差幸獵遺聞高風動遐慕梅墅獨徘徊嘯漁姪後園有老梅一株蒼苔繡澀數百年物也傳係楊鐵崖舊植門外略彴今仍號梅園橋似可徵信淇園數停駐閒作峰泖游登頓不暇顧興酣發長謠時時得佳句扁舟乍來歸芳醪已傾注邱嫂出春蔬諸昆理茶具爲問興趣無一一自陳愬燭跋未嫌闌宛曲通情愫語久輒愀然瑣碎及家務兄也既頹唐而予更乖忤入山苦未能處世婁顛仆鬱鬱漸中年何由爭建樹悲來急上牀轉側動驚寤苦恨塵事多欲留不得住一朝別山莊去去輕舟鶩曉發吳松江夕抵曹家渡漠漠樹含煙濛濛野

籠霧心躁向前途不擇泥濘路荒村夜已深蜃市火方吐時事亂衷腸低顏醉清酤時警鐘報大舞臺雜誌方被禁錮

稼園哭威丹

半春零雨落繽紛烈士蒼涼赴九原正是家家寒食節冬青樹底賦招魂

憐君慷慨平生事只此冢冢革命軍一卷遺書今不朽諸君何以復燕雲

別上海

虞卿自是窮愁身天欲梏之寧怨人吾舌尚存筆尚健陽秋著述未嫌頻

鳳谿道中用郭丹叔集中韻

風塵何處覓袁絲落拓窮途廢酒卮世有網羅惟許隱生多憂患莫

嫌癡神傷烈士歸魂日（燕丹）氣短亡人去國時（無畏）我亦徘徊歧路者側身江上獨遲遲

舟過青浦

桑枝簇簇柳條橫春水醰醰皺縠生小鳥低飛迎燕翦天聲高落認風箏潮因地下沙縈岸（黃流倒灌潮日西侵）草爲根多綠上城天意似猶憐末路孤舟相助一帆輕

將離思先妣也自先妣沒而不肖學殖日以落雖有綠陰如黃萎何

陰陰三月雨如絲藹落殘紅綠滿枝多分春暉留不得只須幽怨託將離

夏夕讀殷氏松陵詩徵時予方盡失其拜汲樓詩稿而所輯鄉邦遺文數十卷及此本獨未散佚一若有陰護之者爰感而

賦此卷故有陳夢琴希恕題詞即同其韻

天教老阮哭途窮敝帚於今等落紅空笑少年輕着筆枉期流派續群公（予舊作有松陵詩派行）宵深獨檢松陵集刼後彌珍爨下桐自古衣冠羅拜盛吾生奚敢薄雕蟲

觀夏考功遺札

内史文章日月縣南冠一草正重編（時予方編定公子存古遺集）考功遺墨猶矜貴合付貞珉子細鐫

清言霏娓多高誼故紙斑斕發古香若與黃門論書法一徵圓健一清剛（黃門書法刻畫居多而公則時露圓潤）

讀瞿稼軒蠟丸書

大地江山半入燕孤臣搘柱只南天何圖朝士無弘略洛蜀紛紛搆兩賢（船山譏楚而黎洲直與江相國一偏之見賢者不免而公獨兩抑之卓哉）

匈奴未滅恨何如縱有天恩斷不居矢志未成徒立節那堪重讀蠟丸書帝每論功行賞公輒堅辭書中述之頗詳

觀楊維斗先生小札

先生壇坫之宗匠却笑何多方外緣落筆寥寥三數札大都乞米與求錢

珠蘭

一簇濃雰錯翠翹鬟絲斜壓抵焚椒長門鎖日渾無事算有珍珠慰寂寥

吳門過程學啓祠

作賊非賊官非官一身反側空盤桓江湖血戰總何事徒令八杰喪其元

虎丘過李合肥祠堂不入

桃柳疏疏密密橫歐西亭子乍經營春風若早噓南國此地應祠李秀成

贈吳祝臣堯棟時君方贈予長興伯遺稿

驀地相逢吳季子鱔[illegible]門內話遺徽東湖吟艸今猶在想見英靈振羽麾

采芝圖爲沈騷廬廷鏞題

人天無計覓飛瓊海上神山緒費縈豈意夜來清夢適萬梅花裏即蓬瀛

驂鸞騎鶴恍乘霞隱約仙人萼綠華試問靑芝山一座深深敢是箇儂家

知君情誼似黃門忍向蒙莊和鼓盆栩栩不隨蝴蝶去九原那有未招魂

任晦園林艸莫除隱侯今復曠郊居繁華過眼都如夢我亦淒清淚滿裾

空向西山去聘梅藐姑仙子影徘徊何當卜築雙崦際劚取靈根徧地栽

夢雪郎時君卒已四年矣

猶是芸窗斸捷時拈題作賦漫吟詩夢中忽作唐人小賦一篇起處作截句兩首以示君堪憐世局滄桑變欲話風流事豈知

奇絕良宵馭鶴來翩翩無改俊丰裁神交信有幽明感贏得詩狂一致哀

藹落韶華等逝波未成絕業遯山阿陶潛別墅今如故忍向殘陽掩涕過君又如陶所居復齋別墅自君歿後予未嘗再過其門

喜得無畏書却寄

驚鴻迅天末勞思各何如萬里三山國千金一紙書崎嶇憐薄恙來書言近得痁疾四十日而未瘳箸述慰蟫魚憂患餘生後交情忍爾疏

一自傷離別中原事迭殊寃沈梁苑雪鄒慰丹魂斷太邱閭陳競全抔土秋縈艸黃腸麥冷盂相期敦古誼揚闡竭瓊琚

天且期君厚雲霄羽獨騫不需秦力士且振漢山川圯上黃公履蘆中老父船此時應記省毋復怨蓀荃

我亦翻然矣埋名隱獵漁朝從屠狗侶夕宿釣璜居思想枯禪似形神落木如祇因餘眼福閱徧剡籐書予近獲覩明季東林復社名賢手蹟約三千餘通

斠定長興伯遺集謹書其後

浩蕩襟懷壓九州邊陲長恨敵虔劉黃龍痛飲心何壯赤日揮戈願豈酬儘有艨艟楊僕將可無綸羽孔明謀淒涼一夕悲笳動極目東湖遍髑髏

杜老文章數八哀傷今懷古一時來六公佳詠殊雄匹朱竹垞云啓禎之際風雅淩替古風尤置不講日生舊跡松陵誦六公詠原本杜老八哀之作諸將當年盡異材板蕩餘生思出塞如紫騮馬關山月從軍行胡無人閔九邊圖等作陸沈無計拯奇災留都更謁功臣廟有留都謁功臣廟作想見愁腸日九廻

落落中興議四篇知君不減祖生賢赤眉恨未摧殘寇白狄驚傳入朔邊合沓樓船橫一隊從容珠履納三千何圖併作靑年哭笠澤雲間兩黯然夏完淳南冠草有細林野哭吳江野哭二詩爲公與陳黃門哀也

英雄騷屑亦塡詞十萬牢愁總繫之鐵板桐琶餘激楚美人香草寄相思降胡獨和昭儀曲亡國深悲趙氏兒有滿江紅和王昭儀摸魚兒賦浙江潮詞最是滿江紅四闋分明鵬舉北征時

秋鐙

光陰純似轉輪車落拓江關意未舒醇酒苦難排日飲秋鐙聊復賦

閒居黃冠獨有逃空老青史誰來盡信書自古沈憂根識字十年懊惱注蟲魚

夜過毘陵驛

汽笛一聲長毘陵落道旁吳音駭厖吠鐙火眩星芒濃夢觸舷覺寒風砭肌涼起看霜月白城郭正微茫

焦山中流遇急湍

鼇柱獨擎天滄江湧一拳奔流多激盪於此一廻旋譞譞疑松籟淙淙響石泉投鞭非易事還與滌腥羶

卷二完

女兒縣祥校字

黟山集

民國十三年元旦

漢民

浩歌堂詩鈔卷三　百尺樓叢書

黟山集

松陵　陳去病　佩忍

丙午元旦

脫胎換骨從今始，莫更依人籬落間。自古丈夫多振拔，壯年何苦汝低顏。

過虞山

海虞山色黯然收，夕照蒼茫月一鉤。拂水乍傾紅豆萎，豈宜重問絳雲樓。

涇縣道中賦雪

瑤宮貝闕歛空虛，玉樹瓊林密復疏。高士有誰終閉戶，勞人如我獨驅車。未遑驢背來敲句，悔不羊裘去釣魚。但得游楊時對晤，夜深三尺立庭除。

別旌德縣城喜大雪初晴

驀地銀光燿眼來喜看晴旭撥雲開遙知南國多春意芳草青青映綠苔

冒雪踰新嶺有懷金文毅公聲

石棧穿雲迴孤亭枕雪涼攀躋雙屐滑長嘯萬山荒落日明殘壘悲風扇莽蒼精忠應未沫憑弔有餘傷

來新安兩月矣卒卒未暇弄翰偶從枕上得數絕句以寄同人

含光隱曜方山子解組抽簪太守公漢陳業爲會稽太守見世衰亂棄官入黃山中我亦江南舊門第故拋塵事入黟中

習之簡鍊來南錄務觀鋪張入蜀篇慙媿何曾工筆札幾回伸帋總茫然

紫陽山色緗漁梁中有弘儒起草堂七百年來風尙變阿誰卓立挽

瀾狂（予與諸生講學輙拈晦庵堅苦二字以鍼砭其失）十寺鐘聲聽有無要餘風雅落吾徒呼朋挈榼尋詩去爛醉行觴盡百壺（連日承地主招飲鍊谿之上殊快）

喜得海外書却寄

故人南海寄書來血淚模糊着手哀捲地風沙連朔漠滔天洪水汨蘆灰神州已絕揮戈望圓嶠空思復楚才那得相逢叙悲憤吹笳齊上帝軒臺

清明屯谿道中念先世祖墓有爲族人盜賣者不禁泫然

杜宇爭啼怨冬青亂落花春風扇寒食愁思鬱天涯抔土何年復孤貧屢自嗟（墓田今售吾友范孝廉處曾許贖還）昌平好山水一例屬人家

自柘林橫渡登岑山佛寺

一泓谿水碧如油小有林巒比十洲記得年時江表住寒濤添上幾

分秋 去冬客京口頗攬金焦之勝

太炎將脫于理詩以招之

天涯有客繫桁楊一鐍圜扉歲月長同坐並憐梁苑客寃沈三月雪如霜

亦有長淮荆聶儔擊奸不中係縲囚十年未許瞻天日何似先生强自由

避仇曾記蔣山傭笠屩飄然西復東茲事吾曹有成例未妨天際作冥鴻

前途况有無窮責正月春王付與誰土挫繩牀良不惡好憑鉛槧辨華夷

春暮獨坐紫陽書院

綠肥紅瘦正芳時倦掩縹緗寄所思欲上山城行不得杜鵑聲裏雨

如絲

我有干湛雙柄劍欲輕脫之當與誰小鬼揶揄大鬼睨摩挲中夜空憂悲

春風吹老季鷹蒓幾度思鄉夢未眞好向君平卜良日落梅天氣下江潯

匡廬書來多厭世語欲從予游予尤厭世人也方將振健翮事冲舉以求乎無爲之鄉又烏可偕吾游耶故歌以答之會心者當不遠也

世塗莽荊棘涉足恆徬徨雖處空谷間猶然多螫傷會當上寥廓振羽高徊翔寧貽厭世譏識者心自臧

前路多悲風淸塵安可期三辰自昭昭黑雲時蔽虧天道尙復爾奚驗人所爲翻覆不常好可悟衆變機

歙州城上望黃山作

黃山可望不可即但見雲門峯名雙接天白日銷沈驥足老何時登眺
漢山川

獨坐披雲峰下

長林翳白日淸陰扇微風適茲地幽曠小坐聊從容閒吟陶謝詩高
音振長空自顧亦至樂彷彿羲軒農安得晤玄侶乘雲翔鴻濛

再游如意寺

林巒翠欲滴孤雲白仍封喜逢時序暄赤日懸當中散炎入幽麓襟
懷澹空濛時聞鳥鵲暄雜之以流淙快意不覺晚登頓常從容焚修
本吾願奈何隨征蓬終然祝玄髮皈依梵王宮

玄悟一首寄屋廬

滴漏崩岩阿穴蟻傾巨川庸夫忽豪髮毒禍常蔓延至人喻玄抄當

幾思眞詮自守貴純粹壁壘堅乎堅明堂燦然作雀鼠奚容穿一朝遽曉暢白日當中懸妖星立遯曜蝦蟇何由前用表坦白忱昭昭享帝天沃若蒼黎心明醒爭修虔所以千百載潔人無毀焉而我薄謹飭而汝脫幅邊自治既缺失奈何多周旋萬幸白圭玷不則寧瓦全到此發慚沮譬之遭風船篙舵已決盪同舟皆被滲安得扶助力所貴強躍淵前日吾死日今日吾生年祓除舊汚穢重開潔白蓮兹亦懺悔法持之成天仙不然鮮決斷隨風逐流泉滔滔日以下何時還高巔徒爲衆矢的長忘日影鞭自笑亦何苦不如松風眠

病中百感紛起無可傾吐信筆書此以寄吾友蓋餐霞之侶本自紅塵中來脫不一回震盪安得一回澈悟願吾與屋廬交勉之蕉雨醒夢明鐙熒熒覺此時胸中若服一清涼散也去病吟罷自識

丙午閏四月望夕

自歙州入山中投止下洽三十韻

山行百變幻陰晴良難期自初過西谿微雨來絲絲忽焉風飄颺黑雲紛迷離陣雨遽翕集滂沱復淋漓呼御力疾趨道路多逶迤方恨天嫉人阻我名山遲頗思返南轅一室廿四羈何圖雨迅止白雲滿山陂淲淲瀑布聲宛轉穿林涯徑過潛村口光景眞神奇高峯闇四圍爛焉燿陽曦乘隙一漏光陰雲隨蔽之行行歷陽干畧彴殊平夷云是黃山口萬峯益參差卅里達下洽晚雲紛低垂前程尙修阻僕夫良勤疲停輿急投止卑躬入茅茨戶牖雖不完地位差相宜既瞻山色好復聽鳴泉馳入夜蛙黽諠無分畛與畦懸知夏令新耰鋤將頻施山農苦田少陂陀皆墾治陡上若梯級勞瘁良嗟唏非如吾吳民醉飽徒酣嬉膏腴任廢棄稂莠憑榮滋卒令官裏去脊背供鞭笞當時亦懊儂轉瞬終猖披安得挈之來俾識耕與胝庶革頑惰風努

力還皇羲我當返鄉國長與山中辭

將禮天都特詣湯池洗祓還宿紫雲庵齋宮二十八韻

鷄頭湓溫水魯陽涌神泉吾昔擊洛都魂夢頻纏緜未旣汎滄海一櫂求神仙神仙不可遇聖水時流連芳香育靈氣溫煖猶挾緜瘡痂縱千百洗濯能立痊俄焉返鄉國憂患紛熬煎每逢百不慰東望徒悽然因之日厭世黃冠譚玄玄朱方不足托來登黃山巔龍髯雖莫攀丹籙差堪傳奚况煉臺旁沸水淸且漣湯院即頹廢石室堅乎堅咫尺煥蘭若佛光仍湛圓大類曲阿廟井潭紛其前復如南陽谷冬夏無變遷蘭湯復何齒神瀵且比肩依稀過梁縣彷彿經藍田相傳有丹砂其下埋千年要除驪山麓赤縣尠並焉畧聞浮邱公賴此昇青天迢迢千萬禩流潘彌澄湉我本好道術旨趣尤騰騫一浴神志淸再浴體輕便迨經三拍浮蟬蛻翩乎翩端然坐齋宮意態何嬋娟

萬象悉洞燭悟澈無中邊明發禮天都排空馳雲軿

慈光寺

平明潔齋沐來登黃山巔中途得古寺蕭條餘桷椽猶存往代號畧
覩興刱年當時聖母恩錫帑施金錢善信喜增附巍峨煥林泉何圖
世變易兵燹相緜延伽藍委荊棘僧衆嗟迍邅鳩鵠殿前語鈴鐸風
中懸既乏善男子何繇締福緣嗟我屢躋蹬有懷不得宣空山獨踟
躕願力徒宏堅安得際盛明重來開法筵

石門磯遇雨

上天下地俱不見身在白雲縹緲中山雨忽來資洗祓峰嵐回首入
鴻濛齋心咫尺通幽座策杖從容到碧穹長嘯一聲思往事海門東
遇引舟風往在長崎曾彷彿此景

登天都觀雲鋪海作

長松冢冢蕭復森天風珢珢吹我襟輿酣直上千丈岑回頭一顧迷山林烟雲怒捲深復深烏虖大地真陸沈天步高高峥嶸峋天門蕩蕩虬龍蹲平生秉持潔白心到此一息通神靈風雨何來天氣陰鳴濤萬壑轟雷音九天九地歸混沌長終古兮雲冥冥

文殊院夢太炎出獄未果泫然書示衲子

萬山風雨劇淒其讀罷楞嚴幻夢思恍有神靈來詔我似聞箕子尙明夷龍蛇在壑容吟嘯麟鳳游郊總駭疑但乞老僧與超度長明燈下佛虔持

大風雨自黃山絕頂降至湯泉浴罷禮佛二首

驚濤萬壑走鳴雷一白混茫黯八垓風雨滿山雲滿麓孤筇三尺獨歸來

徑入靈泉重祓除明心見性入玄虛休云道力通三昧若問塵襟便

已無

再宿紫雲庵聞山僧弄絃索高歌怪之

永夜不得寐靜聽山濤聲風雨大翕集奔騰疑雷鳴禪房本幽寂僕夫多震驚而予獨超悟冥心見玄靈群魔百纏擾譬之鐘磬清香花供如來燦焉生光明咫尺見大道悠悠趨前程所怪諸龍象心性何猙獰梵唄聞復寂新聲徒咿嚶那得大解脫一洗塵凡情

浪游黃山還次湯口程翁明德治具留宿夜話有作

山郎復水郎碧澗盡當門溼霧穿幽壑鳴濤沁旅魂比鄰儲藥艸醇俗想桃源莫問扶桑事神仙此地存（君以日本風俗見詢故云）

容谿夜宿

席帽行經羅隱家（主人爲門人羅蓼之兄）相逢揖客暫停車雲橫谷口亭將暮夕照黃初庵已斜（二處俱在容谿）入座快斟霜落酒縱譚頻煮雨前茶朝來

徑逐容谿去回首天都霧欲遮

將歸具區羅生蕁持帋乞言爲書此貽之

壯夫志四方結交得良友學術共擘摩疑義互分剖一鐙黯然青古道日與守芴芴百廿辰臨歧遽分手贈處可無言人生貴自負寧爲游俠兒勿類巾幗婦慷慨任囏難立節勿云苟庶幾涉世途有碑皆在口不然百無聞卑哉落牛後他日倘重逢彼此傷心否

放舟新安江晚泊瀨水有作

放舟新安江攬盡好山水三百六十灘灘灘歷嶮巇有時瀉長流如將達千里忽焉突一灘奔流遽停滯轉舵復回航將行輒中止偶或觸暗礁岌岌不可恃衆夫盡喧豗長年共驚悸跳身沒江心齊聲力撐曳譬若分太犀駛舟下江漩最險梅花灘巨石猝然起或臥如伏牛或逞如狂兕或森如槎枒或平如周砥一一各殊形纍纍互踦峙

是爲歙之門其水益加駛過此爲嚴州江闊水平矣灘石既以無風俗亦以異蔬果漸殷緐鄉音畧相似最愛七里瀧鰣魚多美味佐之以醇醪臨江快然釃歠名金華春芬芳稱心地爛醉過西臺登高發悲涕

七里瀧

桐江五月水縈紆黯澹山川客棹孤被酒乍酣眠乍穩一聲驚破賣鰣魚

嚴瀨謁子陵祠登釣臺西望謝皋羽慟哭處

子陵祠下暫停舟料峭來披五月裘太息先生一高蹈遂令千載仰風流臨江可惜西臺倒晞髮如逢皋羽游安得當年竹如意哀吟憑弔漢春秋

夢中過桐廬作

漸西郿人大佳士手把芙蓉上玉京時不遇兮天帝醉廣陵一曲奏哀聲

贈劉三

蜀郡鄒威丹既卒予以書抵劉三乞謀片土劉君慨然割宅旁地數畝葬之復爲封樹植碑以彰其烈予甚感之時因謁墓爰贈此詩

鎦三今義士（借定庵句）慷慨重交游以我一言故而爲烈士謀千金收駿骨抔土樹松楸差喜章枚叔生還可暫休

虎林雜詩四首

粥教坊前掩涕過草橋門上聽悲歌思量二百年前事秋艸荒原碧血多（粥教坊爲吳赤民潘力田殉節處草橋門則吳長興伯就義之所也）

勛臣祠宇接湖濆殿繞荷花屋擁雲底事郿人渾不解瓣香齊上岳

王墳

落日中流打槳回西泠橋畔費裴回過江名士知多少不及當年蘇小來

反顔事讐奚爲哉古今端不替汝哀枉抛軀命稱同調一見孤山一釣臺

江行雜感二首

風塵何事苦栖栖一櫂邅廻日向西行盡之江七百里不堪聽到鷓鴣嘑

奇文一卷名辨史箸述將成可共看若問此中言外意陽秋微誼漢衣冠

重過西臺尋謝皐羽墳不得返舟獲巨鯿一頭食之甚肥

重向西臺駐客船高風寥落費流連荒江但聽寒潮漲頹宇誰將碧

血鑴黽勉文章搜海甸（近與友人鄧實校印先生遺書）艱難香火拜遺阡夕陽欲下溪山晚惆悵空撈縮項鯿

晚經茶園（淳安縣東南六十里地也）

茶園地塏爽烟火足千家小市疏還密民風樸未華流亡方翕集博簺競諠譁去去朝歌道吾師墨子車

讀吳駿公集

故宮離黍隱銅駝大好神州等逝波幾輩金蘭昭大節一生懺悔付悲歌屈平詞賦牢騷甚庾信文章哀怨多算有少陵詩史在遺民心事不曾磨

過方嘯琴（文雋）齋頭觀李長蘅爲陳文莊公所繪山水及眉公畫楳長卷

葑水無聲白石頽雲開吳下重悲哀銅駝落日埋荒棘秋雨深山話

刼灰光燄千尋餘寶翰當年諸老並天才嗟予别有興亡感悵惘楳花紙上開

秋夜山中不寐

人生失母後驩樂總無時株守百非計客游良可悲秋風涼徹骨山鬼夜侵帷起起看明月驚心艸露滋

良夜月色甚明屯谿沈鈺羅蓴鄭儀諸子邀飲小蓬壺示邁樞魯德

飛甍繡闥敞層樓月白風高萃勝流俊偉衣冠追洛社光明世界際中秋沈沈玉漏催銀箭耿耿銀河隔女牛頻向碧闌干外望鮫宮隱約舞霽虹

孫列五麟邀過其莊讌飲甚歡賦此奉酬

伯符家世振江東磊落英姿自不同擊劍彈絲餘俠骨讀書折節有

儒風聚星我媿賢人伍設醴君勞醴數隆但得玄亭來載酒問奇時詣老揚雄

續谿胡佐邀同諸子再集小蓬壺看月用前韵

零露無聲月滿樓清光照徹水中流悲歌慷慨頻驚座痛飲淋漓恰到秋世事張皇終失鹿人天寂寞感牽牛田横義士今何在合向扶餘訪俠虬

中秋自屯谿赴唐謨飲許氏花汀同座有賀子吉嚴公上陳魯惠費公直邁樞諸子

水殿荷風拂檻涼秋華蕉萃褪殘芳聯翩竹箭來羣彥錯落觥籌醉羽觴大好神仙行樂地唐時歙人許宣平仙去可無明月正中央是晚月色欠明濡頭染翰留題去貶損前賢墨數行園中宋明兩朝石刻甚多除蘇黃米蔡文祝諸大家外若朱晦翁羅念庵輩又皆以儒術顯不特翰墨彬彬焉

九月朔日偕邁樞作齊雲之游出門口號

忍撐醒眼見羣魔，猛力牽裾渡愛河。世廟齋宮瞻突兀，齊雲山玄天太素宮係明嘉靖朝建而設醮焉齊雲山色仰嵯峨。翻翻白鶴雲中侶，公孫度累聘邴原不至乃歎曰邴君雲中白鶴非燕雀之網所能羅也傲岸黃花酒後歌。任爾幾經龍漢刼，到頭還算赤明多。張君房雲笈七籤靈寶略記云過去有刼名曰龍漢龍漢一運經九萬九千九百九十九刼氣運終極天淪地崩四海冥合乾坤破壞無復光明經一億刼天地乃開刼名赤明

夜宿藍渡在休寧城西十里其水發源黟縣東下屯谿入新安江

冉冉霜林葉染丹，爲看秋色滯征鞍。長虹寂寞横藍渡，黟水潺湲下急灘。雲氣沈沈山欲睡，星河耿耿晚生寒。黎明準擬朝眞去，端坐沈吟夜向闌。

自望仙亭循桃花磵登天門觀羅漢洞上雲梯謁玄天太素宮有感

磵水桃花付刦灰天門詄蕩仰崔嵬仙人蹤踼今何在太守劉郎去不回明江西廬陵人劉鐸爲揚州太守時嘗訪張三丰於宮右之桃源洞壁間留有詩版今訪之不能得鐸後爲倪文煥誣陷死

厭世低徊尋洞府奇觀約畧認樓臺樂史寰宇記白岳山峯獨聳其東石壁五彩狀樓臺在室中勢欲飛動又如神仙五六人憑闌觀望久視之乃知非耳予來山中證之殊信蓬萊宮闕渾非昨厄閏黃楊信可哀今歲閏月中宮殿遺火燬其門闕

自玉屏過紫霄崖歷三姑峰望五老獨聳諸峰上方臘寨抵聳

翠庵

玉屏山翠覆層崖眞武祠荒日色斜歷歷諸峯都在眼亭亭孤峭獨穿霞人從石骨攀躋上庵仗蒼巖曲屈遮此庵因山爲屋故半皆洞壑稽首空王證圓覺萬緣銷釋鏡中花

聳翠庵前望樂平婺源諸山有懷朱晦庵洪忠宣沐西平及范文程

黟山委宛自南來，保障荆揚壁壘開（黟山山脈自南嶺東來至饒歙間分爲江皖二省）。婺水灣環鍾閒氣，洪巖窈窕孕奇材。地靈人傑一時盛，學術經綸百代該。怪底踰淮能化枳，不如丐養列雲臺（西平爲太祖養子以相隨北伐有功封黔國公御賜鐵券勳世守雲南以藩王室其父本樂平李姓因罪徙鳳陽改姓沐）。

東陽道院小閣與邁樞對飲望黃山作

鍊丹曾踏帝軒臺（山有軒轅鍊丹臺），一震驚廻萬壑雷（予游時值大雷雨乃超越萬仞而下浴於湯池）。縋險幾揮韓愈淚（愈游太華不得下遂狂號縱哭華陰令爲設法縋而下之），探奇空詫謝公才。登高恰到茱萸節，與子同傾菊酒杯。爲指天都誇影事，雲遮不見眼纔回。

欲上香爐峰不果

昨日方誇腰脚健，黃山白嶽兩登高。如何眼對孤岑秀，若被風吹隔海遥。差喜天梯强半陟，未妨臘屐待重遭。臨崕不忍空歸去，長歗松

林氣倍豪

珍珠簾觀滴水在文昌巖傍

點點珍珠滴作泉激成清響聽潺然休𨷻玉液溶丹井絕勝楊枝灑碧天簾比水晶鈎欲上盤疑承露淚頻懸可堪題品渾如昨歷世滄桑幾變遷

羅念庵詩碑二在羅漢洞妄人以其石淵淵作響有若鐘磬擊成兩穴其未穿者尚三四不禁惋惜久之

念庵道學足名家染翰吟成筆燦花雙屐曾經來洞府七言有作走龍蛇鏘金激玉山增媚煮鶴焚琴客太差最是明珠遺集外探驪無那暗興嗟二詩集中皆無之

過戚繼光與客同游題名處在羅漢洞左石壁上

戚大將軍筆仗奇登高何以不題詩方嚴鐵畫銀鈎字窈窕尋幽選

勝時珠履雍容多侍從（所攜客皆新安人）風流儒正想威儀平倭討虜今安在墮淚模糊過此碑

休寧過葉生（世寅）家（生好藏書尤多秘籍所以餉予者甚厚）

松蘿山色鬱蒼蒼（山產佳茗在休寧城北十三里）有客停車夜話長喜汝劬書尊祖國嗟予學佛證空王雲游自古稱天放（生藏有熊魚山集竺塢遺民先撥志始等籍其人皆學佛者也）運否何妨逐楚狂抱闕守殘須倚仗莫令金匱感滄桑

古城巖下觀魚（在萬安街之南旁有還古書院爲金正希文會處）

魚樂非魚那得知知魚眞覺解人頤靜觀物化通神契妙澈玄微息妄思一角樓臺澄止水無絃琴韵隱靈機（巖右石壁有刻琴臺二巨字）香温茶熟何言說咀嚼純陽壁上詩（巖壁有純陽子呂洞賓題詩）

還古書院有懷金文毅公（公諱聲字正希休寧城東十里甌山人也隆武即位遣使拜表帝特授右都御史兵部右侍郎總督南直軍務歙州破逮繫南京不屈死之）

中朝昔喪亂胡運方披猖八閩建行在眞主坐明堂爰有沈毅士拜表進饘篚帝心鑒其誠下勅亟褒揚超擢授虎符俾之守嚴疆公也激主知受命勤劻勷任事不逾月望風皆來王進收旁郡縣威風益飛颺指日奏大捷破竹出荆襄（時寧國邱祖德涇縣尹民興貴池吳應箕皆應之）公有齊年生故御史氏黃值此搶攘際突然歸故鄉道以援師來衣冠殊煌煌相見復何疑開門奉壺漿天道已反覆人心都變常嗟嗟故黃生不若一江郎竟賣其友去納土逆豺狼可憐烈烈士駢首見巫陽（公爲同年生黃澍所賣死）自是風不競虛焰徒高張粤閩再蹉跌萬事皆摧戕試問戎首誰潛善眞不祥即今逾百載弔古心盡傷登頓訪頹守裴裒入莽蒼殘碑畧可讀（榛莽中有邵庶碑記）風流今已亡爰知千秋業不必盡文章金蘭伏礁沮反眼生炎涼不如風塵士節俠凌冰霜宜賓及申甫壯烈眞彬彬並命一朝斃國祚何能長（申甫故僧也劉之綸字元誠宜賓人崇禎朝虜陷畿輔俱由公薦任）

兵事殉節寂寂海陽水萋萋古城岡魂兮盍歸來重圖日月光

山中寄劉申叔

山北山南網四張驚鴻何事獨迴翔閉門種菜君須記忍復相隨齊武王

由來韜晦良佳事不見當年田舍翁落落青田一秀士乘時也得奏元功

九月初七日新安江上觀水嬉並爲有明尙書蒼水張公作周忌

半規涼月水淙淙曼衍魚龍興未降我爲孤臣重記念新安江似汨羅江

北伐當年事大難伊人曾此下寒灘者番恰稱招魂祀燈火樓船夜未闌

保障東南績未收登山臨水總悲秋睢陽蒼水奚須判等量人才等量愁俗以是舉爲保安善會所祈禱之事爲禳火逐疫所奉之神爲張巡許遠蓋古鄉儺之遺意也睢陽蒼水本同姓而所志皆未成故比之

黟水黃山抱作環天生靈境出塵寰可憐易服微行候莫縮英雄老此閒唐時許宣平避羯胡之亂隱此仙去公若終老江上當亦不及於難

歙州迎神出游有故明將軍胡大海劉綎二像紀之以詩

常胡開國振精神劉杜征遼並殞身要是南朝爭祭祀不應犇走屬山民

御史江頭血涌濤推官城上剡蓬蒿鄉邦壯烈何嘗少孰共金江補太牢凌駉溫璜金聲江天一諸賢郡中無戚祀之者故重譏之

十月初四在屯谿遇豫章人賽會

都盧幻術善緣幢魔舞巴歈亂羽幢何處好風吹送到笛聲徐撇弋

陽腔（衆中有高蹺臺閣秋千飛叉弄磁陸地行舟諸戲又有絲竹雅奏繼之婉約可聽殆即擋子班耳）

白馬何人解報仇紛紛碧血水東流明鐙此夕笙歌滿我獨沈吟憶贛州（明楊廷麟郭維經彭期生黎遂球諸賢皆於是日死贛州之難）

登黎陽土簿山

一拳亦玲瓏兩峯特峻整俯瞰古黎陽邑改猶存井（屯谿西上一里爲黎陽廢縣至今有上下黎陽之稱一井猶存可以綆汲）

懷劉三

生從倉海求雄駿死爲要離脫左驂莽莽風塵論俠客大江南北兩劉三

白門秋柳蕭條極（季平時在南京）潭水桃花淺更寒（無畏時在鳩江）江上何來好消息側身頻拂寶刀看

題淩御史像

弘光朝歙縣凌井心先生（駉）保障睢陽城破不屈死之即世所稱揚子江頭凌御史也予既式廬謁墓並重影其遺像而悼之

飛布山高練水長天生奇傑繼睢陽城南一夕星辰動（公死時有火星隕于睢陽城南）又見男兒仗節亡

寒夜山中讀史弱翁遺詩及徐矅庵哀悼之作

亂離貧病兼無子自古才人感慨多生奈故交俱殉節死非速朽待如何京華夢醒空懷舊（所著有舊京遺事與江耆舊傳）滄海波深枉榷鹺（又著河渠注鹽法志）慙愧後生披膽集悽其風雨滿山河

爲諸生講史

秋深木落山如薙風雨蕭蕭晝閉門閉與青年話青史靈旗隱約降精魂

興亡自古尋常事，只爲中原種族悲。辛苦驅除阿骨打，即今依舊混華夷。

無端猝遇赤眉禍，到底終懷左衽羞。億兆髡箝亦已矣，不堪騰笑遍瀛洲。

而今休痛無家國，不見稽山勵膽薪。匹婦匹夫咸與責，楚雖三戶可亡秦。

晚步河西橋

日落孤亭冷石橋，白楊風動景蕭條。寒泉咽石流還澀，獨鳥穿雲意未消。荒冢荆榛枯衲杳（欲尋漸江大師墓不得），秋山黃葉女郎樵。驚心歲晚人將老，幾度思歸望客橈。

孤城斗大亞山腰，入暮魚更灩麗譙。艸薙欲完峰種種，月明無語影蕭蕭。琴樽冷落風流盡（春時嘗讌飲于此），湖海蒼茫感慨遥。聞道西江方戰

伐極天烽火映山椒時聞萍鄉有革命軍起事歙城亦加意防守

冬望

冬山渾欲睡騁望總微茫雜樹零秋色停雲是故鄉有風搖葉響如
霧接天長獨立增悲思佳人漸老蒼

歲晏置酒與諸友別乘夜山行十里至朱家村舟中宿

此別豈草草拉朋罄一壺醉來忽狂笑揮手上籃輿星斗寒芒歛風
霜夜氣粗蟒蛇當道否休被乃公鋤
亦有諸同學相看別淚粗殷勤與長揖悵惘獨愁余月黑驚村犬灘
長叫鬼車酒人心膽壯魑魅莫揶揄

曉別深渡

曉睡不得穩起看霜滿船谿山俱霂霂天地此迍邅水涸舟難出風
高羽獨騫休嫌昏霧塞歸去正悠然

桐江晚泊

北風如虎浪如雷十日澶洄浙水隈今夕且投村外宿烏啼月落黯西臺

富春

長亘閣道黯然收莫問星河亘斗牛惟有天南餘晚霽故應銜北隱旄頭

千年鐵鎖脫祁支淮海神皐絕地維一自茫茫禹蹟杳未知何計着災黎

歸家雜感

抽刀斷愁愁不斷歲莫崎嶇且放歌琴劍飄蕭千里別江湖涕淚一身多風波險惡應如此交際淪亡奈爾何畢竟吾儕當厄運山林朝市總蹉跎

不成絕業不名家落拓窮途感歲華忍死偷過閒日月側身恥弄舊琵琶彌天新布珊瑚網遯世誰乘笠澤槎欲招無畏借隱不從傳說吳江文獻盡老人星殞淚如麻辛廬凌先生於近日下世

卷三 完

女兒緜祥校字

哀雅集

廖仲恺题

浩歌堂詩鈔卷四　百尺樓叢書

褏椎集

吴江　陳去病　佩忍

讀鄭所南心史 丁未

烈女傷故夫烈士思故國同此失所人飲恨曷云極卓哉帝宋朝遺臣盡瓌碩煌煌正氣歌中天震霹靂下逮晞髮吟哀音盪心魄俱垂天壤間炳若朝曦赫而如鄭億翁耿耿尤奇特恥爲頂笠民甚且崇犬德所以一卷書洌泉不侵蝕天使起鐵函一朝播靈跡要爲亡明徵大禍陸沈迫先機覺斯民庶幾示之的果爾復社賢寧死不降敵仗義起樓船江湖恣討賊天意不可知中原遽淪沒大義日消亡斯道益淩轢所幸此史存衿纓得窺測藉明夷夏防而嗤姚許惑黽勉勵前修一振雲霄翼

吴門游後半月因事重過昌亭遂覓前舟作竟日游即示天梅

諸子

陶陶罶夏日當天落落襟懷灑欲仙憨雨嬌雲渾散盡未妨重坐沈家船吳門畫船多沈姓此其一也

西園游盡復留園蓁跡時時印夢痕最是一叢紅芍藥有情無緒綰吟魂

山塘韻事久沈埋欲話風流祗刼灰獨我生平最癡絕落花時節蕩舟來

漸離擊筑劇淒清沈約文章並擅名和着朱公與劉季五湖一舸許重行

志攘天梅俱以紀游諸作見示並讀安如題詞奉酬一律

君儕文筆皆成聖我輩交游各有神痛哭悲歌燕烈士登山臨水宋遺民吳門一夕成佳話月旦千秋付後人他日素車須有約華涇同

弔蔚丹墳

丁未四月朔日再上蔚丹冢即事

烈士今何處頻煩過墓門杜鵑啼不住知有未歸魂

尚有劉三在相逢意氣傾鬢毛非昔比衰颯倍心驚劉三見示照片多幅狀頗衰颯

吾黨將安託勞生況有涯且傾陶令酒莫負武夷茶

墓表君須立斯文我未工祇應敍顛末聊爾慰幽衷

江上哀 爲徐秋陳馬作也初諸子創光復會於江戶以企圖革命徐先率陳馬二子入皖起事秋於浙中應之五月二十六日徐以事洩立刺殺皖撫恩銘于座已與陳馬殉焉又十日秋亦在越被逮死

春秋不作小雅廢四夷交侵國淩替女眞遺孽主中華漢族淪亡至堪涕東南義旅久銷沈川楚林清藐何濟太平天國略恢張江左偏

安終失計稽山鏡水挺人豪讀聖賢書意慷慨一朝發奮誓亡秦巾幗鬚眉並磨礪越國三千君子多居然拔戟俄成隊軍名光復陣堂堂越角吳根互投袂多魚師漏寺人披機密翻疏轉成害皖酋雖斃身亦戕越女含愁竟同繫秋雨秋風愁殺人沈冤七字何年霽人亡國瘁待如何渺渺予懷獨凝涕城頭懸布要須登前仆何妨後來繼

晝寢雜感

死灰槁木復如何晝影沈沈忍數過難遣近來懷抱惡病魔紛似亂絲多

強起徘徊試一飛圖南無計欲何依氋氃直似羊公鶴起舞猶嫌翅力微

經年漂泊未能歸極目鄉關願總違剩有孤鴻心一片護羣中夜屢驚飛

吳儂曾未賣癡獃會有愁心酒一杯畢竟自戕非易易十年綺障坐沈埋

盲不忘視跛想步孰便甘心老此身我是溺人今已矣願他人做自由神

讀管晏列傳

遼東皂帽去猶龍鋤地揮金肯爾從知我何如鮑叔子論交惟有郭林宗

一襲狐裘三十年宗臣清節至今傳成都亦有閒閒者八百株桑十畝田

我生示眞長秋枚晦聞兼簡無畏

我生既不辰有子安足仗不如清淨身完我本來相無罣亦無礙一銷翳與障騰步上天衢翛然成獨往

鄧侯不世才好古重耆舊攟摭多異書雕鐫不稍後儁諸尤翩翩風雅足領袖日夕與編摹出入共擕手高譚泯古今盪胸滌塵垢茲樂亦最難允須期白首乘化歸帝鄉廓然渾無有下以見老莊達者倘無訴

行行上高臺四顧多洹瀾魚爛不復收甌缺寧能完徒令視陸沈袖手空悲歎淹忽亦易盡何事長辛酸與子且行樂放眼青雲端

同方有中壘經術醇且深著書比韶護喑呟振元音胡然別海上莫鼓成連琴思之每涕泣徘徊向中林時清文網疏君子無容心閔儒倘歸來大夫當不禁（時無畏懼觸忌諱莽莽出門念之泫然）

吾友黃叔度御已與齊年我忝長一齡疾病今纏綿合并適百歲萍梗豈偶然（予與晦聞貞長三人適百歲）三壽自作朋匪容張廣筵要當締貞盟金石堅乎堅不觀松竹梅歲寒爭媗妍

丁未八月海上藏書樓夜坐雜感

天馬奔騰霧靄空翩乎逐電與追風懸知伯樂探神駿却屬游行自在中

頭角峥嶸洵可憐風懷蕭灑亦神仙人天畢竟歸平淡九十春光幾許妍

習習清風送晚涼悠悠桂樹暗生香病夫自覺添煩惱幽致頻懷秋海棠

金鼇玉膾未歸休落拓秋江愁復愁相憶故人相望遠羨他白戶勝封侯

只合瞿曇老此身萬山深處作遺民百千年後長寥寂沒箇劉郎來問津

夫容江上幾曾開浪説孤山早放梅最是委心任運好微陽井底倘

能囘

百年無分翦天驕剩有愁心答漢朝蹈海幾同陸君實破家終愧霍

票姚

曼殊自海東還以童時撮影見貽蘭芽初茁婉孌可喜蓋方在

其母夫人懷抱中也

正朔天南奉盛明孤忠唯有鄭延平百年更見田中嫗一樣寧馨裏

錦繃

爲曼殊題孝陵殘瓦

牧馬成羣檜柏摧鍾山王氣黯然哀空餘一片蟠螭影猶向宮門印

刼灰

萬戶千門渺建章行人誰識故宮牆休嫌抔土無文字曾伴簷鈴邊

夕陽

夢得柳搖五字醒以語曼殊謂大類別情會貞壯將赴南昌因

足成一律贈之

夢回聞客去握手淚闌干風送江流急柳搖酒膽寒別情增悵惘彼美共辛酸珍重潯陽道琵琶莫漫彈

腦病復發百感交集書示貞壯即送其行

積年伏土窟矻矻空著書窮愁且老死有懷安能舒私羨古遇者意氣何鬱紆耿弇蚤從軍終童竟棄繻吾才寧不逮顧逢諸艱虞墮地不見爺孕腹先已孤所賴慈母恩翼卵使之鶵維時初遘閔破巢殊拮据譬之夏后緡逃竇爭須臾迨經再造力畫荻尤勤劬老天倘慈仁豈無青雲衢何圖毛羽長厄運乃與俱反哺未及計哀哉喪其烏遂令終天感力劇永不除盱衡況多故毒餤紛狼狐冠履一倒置寧分華與胡翻然去故國來乘滄海桴海外多年少義俠皆吾徒所嗟

志不一摶沙失良圖久之事旋歸倮然仍腐儒信道苦不篤涉世復病迂以之動鑿枘偃蹇江海壖海壖謫以繁蝨居皆鄙夫從游乏騶卒拉飲無狗屠長謠還獨哭祈死憑神巫自春歷秋冬抑塞誰驩娛信陵縱醇酒阮藉悲窮途行徑絕相似長此將何如計須禮空王被髮深山隅由此了塵緣不復爭區區念子遠行役西上過匡廬爲我問遠公蓮社今有無

孟冬十日有感

十月風高秔稻香江邨螃蟹一時黃書生忽地增悲感菊酒何人老故鄉

影中曾記去時年魯酒三升豆一籩別有沈愁無可說新安江上看游船去歲在歙州値蒼水忌辰特放舟江上觀土人水嬉

最是江天落日中故人攜我醉秋風魚蝦値賤醇醪美坐話金山塔

影紅前年沼清約遊京口每當夕陽西下輒盡醉極歡

秦州陳競全以名進士出宰齊魯旋來滬上啓牖國人不遺餘力今卒逾二年矣將語其嗣魯德葬之蔚丹墓右先以此詩

停雲黯西北隴坂阻還長之子無雙士翩然去故鄉牛刀容小試鳳翮竟高翔稷下辭羣彥吳中辦客裝五噫頻感喟七略細評量指鐵今書局等黨錮清名列幽憂痼疾妨文園日消渴孔牖劇悲涼丙舍花空發閒庭雀可張扶風歸緩緩漢祚浩茫茫待穴要離冢孤亭署俠香

冬夜不寐雜書數萬言仰見月色皎然輒題兩絕

中宵憂患未全忘獨對殘鐙淚兩行書罷罪言三萬字一輪清峭白如霜

鯤鵬自挾圖南具麟鳳寧銷濟世心若便荒荒老陬澨諸天端爲一沈吟

崑山道中

鹿城何處是依約望中收平野連雲闊孤颿遠地浮鎮江無鐵鎖今秋夷人有青陽江賽船之舉憑郭有高邱歸顧今寥寂臨風一涕流

蘇蘇女學悼馮沼淸

難忘期許意頻過故人居喜見新培士難尋舊箸書話言增悵惘心跡肯迂疎爲續雲天誼杯薪救一車時余與君母兄集成蘇路股款千五百金

仲冬下瀚二日被酒恍忽與人並服先朝儒服翩然殊得惟對鏡自視祇覺鬢絲未長耳

端疑白日偷閒過恍有魔神入夢來思漢威儀渾未見駴人冠服已親裁肯嫌誤我抛章甫竟爾隨人作秀才可惜鬢毛零落盡不隨褒鄂列雲臺

伊川被髮禍重來蒿目神州自可哀浪說天中瞻日月似聞海上隱

樓臺東京黨錮新成傳南國諸生舊有才易服焚巾應有事腐儒何用一徘徊

歲云暮矣挈女兒亨利赴福州路市樓小飲

銷愁何處是惟有酒家樓落日亡屠狗狂歌有飯牛蒼茫聊獨飲感慨等浮漚莫更看題柱楹間聯語有文章西漢兩司馬經濟南陽一臥龍吾生行自休汝曹良不惡能讀乃公書且盡一杯酒明朝返故廬含飴依祖母舞綵入年初休念飄零者窮途賦卜居

守歲重展神交社雅集攝影有悼馮沼清

畫圖重展一徘徊雅集何曾有幾回草草鴻泥留印爪悤悤鄰笛又銜哀懷人感逝餘三嘆把臂論心總刼灰自古雙星期會淺別離容易媿岑苕

丁未除夕得除字

愛憎恩怨罨消除料撿殘裝到故居獨飲葡萄餘酒氣雙燒椽燭照高廬感懷世局良多憤拜展遺容只自歔三十四年今過盡不堪重讀舊楹書檢得童時所讀古文十餘冊皆先節孝在日不肖所親承提命者也

戊申元旦用元韵

迂狂曾宋喪其元又揖春光到故園十載婆娑輸弱柳子身栖止尚邱樊長圖大念何時慰出谷遷鶯近事煩黽勉著書毋過餒莫令文獻委秋原

正月二十四日會葬鑑湖女俠於西泠橋畔

白傳堤長湖水淸貞魂今復妥軒亭從教蘇小墳前草到得秋來也放靑

岳墳于墓久荒涼蒼水寃沈孰表章不信中朝元氣盡只令兒女挽隤綱

玄酒棻香次第陳衣冠如雪拜佳人道旁嬪孺爭垂涕道是魯連恥帝秦
諸君高誼薄雲天千里殷勤掛紙錢我爲陳辭酬一斝好將心事達重泉

題懺慧詩集

漫數當年午夢堂一門風雅祇篇章韓陵片石西陵墓長使秋娘俠骨香
天生風雅是吾師拜倒榴裙敢異詞爲約同人掃南社替君傳布廿年詩

戊申三月十九日有事於宋六陵

橋山弓劍杳無存誰向昌平奠一尊祇是六陵齊在望不嫌歌哭弔湘魂

落花飛盡暮春天麥飯親擕蜕玉前却有滿山紅躑躅血痕狼藉助人憐

艱難王業啓京闕悲喜纔將項骨還未信百年遺恨在閟宮同殉有煤山

思陵猶自長蒿萊奚似昆明劫後灰脈脈九龍池畔路天南遺老至今哀

四月初七日立夏

三春花事日闌珊客子行行悄不懽閱歷較工情較拙天涯何處繫征鞍（今歲二月自會稽還歇浦適遇鈍劍僅一馳逐于龍華間）

一杯濁酒且相酬判醉休談大九州（時方作蒙古建置行省議等文）但得南方佳果足朱櫻勝似伏羗侯（予生平酷嗜櫻桃以爲朱明當令允宜食朱）

初夏越中雜詩

冠履一倒置中原百事非生無依漢臘死亦𥝠周薇落日終成晦陽
戈孰與揮茫茫票騎蹟長與壯心違
我已無家久奚須賦卜居飄零隨斷梗蒼莽識歸墟堂背羸謏草江
東結儆廬雙魚來遠道謂可托榼書（時沈太君有移家東江之舉）
淮海無消息關山曠歲年有誰歌哭意來愬酒樽前白日青春晚梅
花紙帳眠徒然感髀肉不復據征韉
時平壯士賤世亂烈魂懷意氣淩荆聶聲名振海淮報仇多稱意雪
恥亦良佳偉矣越句踐登車式怒蛙

有懷劉三鈍劍安如並苦念西狩無畏二首

吾有數同好性行皆軼倫其一爲劉季豪宕生風雲長才擅三絕寫
作何玢璘掉頭竟不顧獨飲曹參醇其二有漸離生來恥帝秦報仇
志不遂往往多哀呻要我結南社謂可張一軍最少獨屯田儒雅尤

恂恂韓亡知自奮留侯豈婦人締交逾十載意氣作雷陳所憾落拓士江海多沉淪譬如尺蠖屈終古無一伸又如驕陽虐寧怪蛟龍嗔去去一長嘯其人眞悲辛所以發慨嘆嘘氣摧星辰

我歌且未了我悲今更多出門結朋友所貴心氣和況荷世衰亂交道常參差相期膠與漆猶苦生離仳奚爲君子士立行多偏頗不知金石好學術相磋磨徒矜洙泗習斷斷空齟齬所志卒未成同室先操戈知已縱或諒忌者將如何成連空知音徒聞海上波管邴並良士割席乃紛拏思之獨泫涕欲乘滄海槎終教廉藺合毋貽鍾呂嗟不見耳餘事千古資譏訶

四月二十五日偕劉三謁蒼水張公墓並弔永曆帝

策馬高岡日色斜昆明南望淚如麻蠣灘鰲背今何在祇向秋原哭桂花

自清和坊跨馬出清波門經南屏疾馳達茅家步岳王墳小飲復馳過秋俠墓經錢塘門抵湧金門外凡周圍三十餘里豪氣未除率成此絶

方山棲隱情難滅百尺豪華氣未除祇恐秋娘向天笑環湖隄上獨馳驅

自武林入越道出草橋門有悼吴長興二絶

帝死國滅龍種絶人間世亦生何爲朔來浩氣吟成後想見英雄悟澈時公有浪淘沙絶命詞二首

頻年歌哭弔英魂零落詩篇僅保存公集予已付刊于國學保存會今日素車何處是鬼花開遍望江門即草橋門也今名望江

戊申五月既望余自諸暨來游五洩西龍潭窮極幽險入夜醉眠僧房忽若身在海上高子吹萬攜其從孫小劍來顧言笑

極歡無何有二女郎至一年可二十許髦髮垂肩披離左右
謂是吹萬眷屬一年僅十七八亦靜婉多致俱招吹萬與譚
良久即促吹萬行吹萬遂登車去余方踟躕以返于室忽天
梅突至余語以吹萬適才別去君遇之否天梅曰然行復返
矣未幾吹萬果返而佛子亦偕焉抵掌欣談儼然荀陳之會
豈非生平得未曾有之快哉忽無畏伉儷及蔡子治民聯翩
相顧而余獨狎一大蟒其長殆踰百丈頗極馴擾未知是何
祥也書寄高氏諸子并作山中掌故

平生慕良友別久常相思浪游過五洩乃亦夢海涯粵惟靑邱子尤
我素交知神魂獨嚮合言笑盈悲憙猗嗟二神女光景何陸離翩翩
並來止軒車復疾馳詎非吹萬生福慧夙有奇因之晤雙成並駕游
天逵所怪百丈蛇瑰怪佯蛟螭奚爲獨馴擾蜿蟺塗與泥意者空潭

物闕見余性慈未甘久潛伏來作雲雨期獨嗟薄修植尺寸無所施長此老空山乘龍豈有時

憶昔黃山巔曾夢章大師屯難脫未能令我生悲欷厭明潔供養乞佛施仁慈耿耿心未忘臨去猶作詩何爲昨者夕劉生夢入帷神交自爾爾被服何離奇（夢見劉生衣服極燦爛）我生本多感近尤苦相思章劉固夙好金石無差池乃今客海國頗聞多是非同舟不共濟得毋貽嘲嗤所願非確聞敦好無乖離車笠互相葆勗哉圖猷徽

將去粵中夜集鏡清樓聞陶怡被逮

脈脈秋心暗帶愁沈沈長夜共登樓歸鴻幾處驚羅網縱鬐還須怕釣鉤惜別祇令詩思塞當筵惟有酒樽酬相憐去住渾無準羨殺平湖不繫舟

卷四　完

女兒縣祥校字

嶺南集

韞玉

浩歌堂詩鈔卷五　　百尺樓叢書

嶺南集

松陵　陳去病　巢南

圖南一首賦別 戊申

惻惻中原徧罻羅側身天地一婆娑圖南此去舒長翮逐北何年奏凱歌短鋏獨携當僕健孤鷁將護賴君多補天塡海千秋事莫便傷春賦綠波

訪安如

梨花村裏叩重門握手相看淚滿痕故國崎嶇多碧血美人幽抑碎芳魂茫茫宙合將安適耿耿心期祇爾論此去壯圖如可展一鞭晴旭返中原

初度將及雜成六截

耿耿旄頭爍九天漢家殘祚幾曾延祝宗祈死渾無準斗酒療愁又

一年予去秋生日作詞有祈死無靈瘵愁寡術及斗酒十千奚惜句東嚐三島動煩寃指章劉北顧中原氣象昏惟有慈雲護南海爇香能返國殤魂

欲爲蒼生賦大哀側身且上粤王臺行看丹荔黃蕉候落拓炎荒被髮來

中郎有女儘嬌癡伯道無兒只自疑回首白雲吹散處桑弧蓬矢哭先慈先慈亡忌在六月廿六日去不肖生辰僅四日耳

匈奴未滅豈爲家菽水乖違計亦差時託嗣母沈太君於舅家却曲迷陽歌未已天涯何處聘朝華

漫向蒲團證夙因茫茫身世未爲眞江湖倘有耕漁地判與天隨作散人予還蜆江去甫里益近

中元節自黃浦出吳淞泛海

舵樓高唱大江東，萬里蒼茫一覽空。海上波濤迴盪極，眼前洲渚有無中。雲磨雨洗天如碧（烈日中忽遇陣雨），日炙風翻水泛紅。唯有胥濤若銀練，素車白馬戰秋風。

温州洋

雁蕩餘支到海横，曙光暄染船痕清。朝雲突兀添秋爽，麗旭曈曨照海明。白鳥舞風隨翅迅，碧波如鏡識潮平。回眸更得江鄉趣，三兩漁舟打槳行。

崎碌

沙上野花豔豔開，道旁榕樹整行栽。閒遊恰到凌虛地，放眼來登舊砲臺。隔岸螺蜂青若障，近江蠣殼白成堆。迴車猛憶吳儂約，擊缽詩成莫浪催。

問雁

門衰餘骨肉世亂各飄零就傳憐嬌女亢宗乏壯丁依違徒跼蹐悲苦總沈冥爲問南來雁何時返北庭

書黃門公集

逡巡只憾當機悞歎息英雄遽網羅若使冥鴻早驚逝圖南容可奮陽戈

松陵英雋都銷盡謂吳長興峰泖湖山豈尚存我效端哥一慟粤王臺上見精魂端哥夏內史淳古小名也爲黃門公弟子

吾家自昔多窮阨降逮於今怨未休一樣雲間陳臥子不堪江表作纍囚時陶怡方繫金陵獄中

隆武帝后忌辰泛海登別島書寄同人

落日秋風湧海濤碧天無際陣雲高扁舟獨泛滄溟闊窮島來尋越鳥巢白帝音哀啼碧血橋陵弓墜想烏號空聞五指山頭石尙荷先

皇寵御毫（百擧林君語予嘉應州唐帝巖傳有凰文御題又云有老兵當汀變時負太子以逃遂止於此）

篛笠行吟北顧遙帝魂何處令儂招登高寧識林巒趣攄憤空憑子午潮兩度煤山同慘刦一時胡馬盡嗚鑣閩中王氣今休矣賸有汀江瘴霧饒

沼清死一年矣情不能忘詩以哭之

故人別我無多日（乞巧日余開神交社於愚園大會諸名士君偕與心淵獨庵來會設燕終日而散）驀地遙傳赴九泉正是萬方哀痛節（君卒於八月廿七日正隆武帝后忌辰）帝魂招不到啼鵑

一篇行狀吾滋愧（君卒之踰日心淵即以書來屬草行狀予涕淚模糊信筆而就付寒灰刋之神州報而別屬亞盧撰君傳）千載傳君要柳州只惜謝庭擅詞筆漫天風雪早悲秋（謂君姪女茜華也）

病中有感寄社友

不堪重說憺忘歸藥裹茶鐺事事非對鏡祇憐顏色減思親眞逐夢魂飛故人到處愁難遣（時臥子雙韵漢碧哀蟬六如皆病矣）慧業同參願更違（將受記蒯因病）

不果

最是九秋霜信迫，阿誰和我製寒衣

九月初七日爲明尙書張蒼水先生二百四十五年周忌用丙午新安江上追悼舊韵

莽然珠淚瀉淙淙一念孤忠恨未降壯志莫酬身遽死枉教四度入長江

廿年搘柱總艱難飲血提戈旁蠣灘（黎洲云念昔周旋鯨背蠣灘之上共此艱難）一線人心倘無死八閩豈復角聲闌

何暇虹梁亟亟收延平貞不畏春秋如今詩史終長在贏得中原萬古愁

懸澳潮流尙似環漢官儀制隔仙寰獨令每歲重陽節痛哭西風落日間

九月十九日爲顧端木劉公旦錢彦林夏存古諸公三十餘人

俱殉國於南京之辰用賦哀詞以告有衆庶幾終古之涕不致於我獨揮也

三十餘人俱殉國百年前事最傷心獄中唱和空留稿海上風雲渺莫尋碧血有痕皆黯澹白門無柳不陰森遙知毅魄應爲厲底事淒清直到今

彝仲高名炳斗杓文康清節顯中朝兩家子弟爭雄駿一例弓刀逐票姚事縱不成餘俠烈世雖長往未迢遙哀歌我爲臨風奏倘有靈旗降九霄

九月二十晚颶風驟作入夜更烈暴雨乘之潮漲踰丈舉室內外一片汪洋四壁震撼若將頹焉余方愁病不覺心悸宵深無寐記以此詩

千搖萬兀屋如舟決盪洪波欲上樓怪雨盲風摧四壁藥罏經卷鬧

三秋挑燈獨坐思天變欹枕沈吟悔遠游祇恐洧龍方劇戰要將災異播神州

十月朔日病起口號

推窻聞說嶺楳開歡喜炎荒淑景回病起轉嫌心較冷春生聊與眼重㙲羅浮翠羽安排去風雨崖門次第來還向思明州一慟樓船戈甲儘相猜（思明州今廈門島也明隆武永曆兩朝鄭延平王成功屯兵於此頃爲通商港不日將有迷利堅水師來遊）

千仞以余病且久特邀醫治之及病大瘥復置酒相慶不覺酣飲極歡乃報以此詩

楳州醫師梁芷堂手握刀圭多禁方爲我牽縈牝牡瘧頻煩斟酌桂枝湯（金匱瘧多寒者名曰牡瘧徐先生大椿曰似當作牝字諸本皆牡存考又白虎加桂枝湯注云溫瘧者其脈如平身無寒但熱骨節痛煩時吐此湯主之）神驅鬼使銷除盡量水和丸料理忙頓遣昌黎好南食蝦蟆章舉恣烹嘗（韓愈南食詩蛤即是蝦蟆同實浪異名章舉馬甲柱鬥以怪自呈）

悲懷

東都風誼到今遙黨錮清聲讓翠翹休說一池春水縐正看千佛姓名標柯亭椽竹終須顯爨下琴桐未許焦歲晚黃花自馨逸漫教霜霰感漂搖

集唐寄意

北斗闌干南斗斜中庭地白樹棲鴉故園此去千餘里獨自狂夫不憶家

七夕瓊筵往事陳楚天遙望每長嚬白蘋未盡人先盡誰見江南春復春（去年七夕在海上結神交社沼清來會今死已周歲矣）

楚魂湘血一生休忍看花枝謝玉樓天竺山前鏡湖畔鷓鴣清怨碧烟愁（秋俠既葬而侍御常徵又奏平其墓）

誓掃匈奴不顧身與君相見即相親遙知兄弟登高處百尺峯頭望

虜塵
斷腸春色在江南淪落咸陽志豈甘倚柱尋思倍惆悵苦心詞賦向
誰論

南國佳人斂翠蛾枉將心事托微波無情有恨何人見一夜夫容紅
淚多（思欲有所組織而未果）

越女含情已無限秋來還復憶鱸魚心期欲去方何日宋玉平生恨
有餘

獨在異鄉爲異客不堪多病決然歸橫江欲渡風波惡（九月二十夜余正病中值
颶風大作甚駭）隔水家家聞擣衣（余衣故付隔海角嶼人洗之自颶發而洗濯者經月方來）

再集唐四首

吳王舊國水煙空柳浦桑村處處同三十年來塵撲面故山多在畫
屏中

幾年爲梗復爲蓬多少凄涼在此中今日嶺猿兼越鳥一聲聲似怨
春風

辭家遠客悵秋風未掣鯨魚碧海中莫怪鄉心隨魄斷明朝歸去事
猿公

高梧葉盡鳥巢空落日平原秋草中不用憑欄苦回首布帆無恙掛
秋風

三集唐六首

冰紋珍簟思悠悠欲采蘋花不自由正是客心孤迥處碧天無際水
空流

烽火城西百尺樓水流無限似儂愁行人莫上長堤望風緊雲寒欲
變秋

半下珠簾半下鉤不知身世自悠悠今朝誰料三千里離思茫茫正

值秋

黃昏獨坐海風秋，月色江聲共一樓。自說江湖不歸事，羅衣濕盡淚還流。

榆落雕飛關塞秋，夢君身繞曲江頭。熏籠玉枕無顏色，無那金閨萬里愁。

瘴水蠻中入洞流，騷人遙駐木蘭舟。今朝北客歸思去，上盡重城更上樓。

自潮海赴廈門道中風雨交作

才遣愁魔與病魔，又從滄海策蛟鼉。遙空瘴氣連天遠，極目洪濤撼岳多。板蕩餘生還震惕，月明長夜漫婆娑。翻教噩夢頻頻見，伏枕淒涼淚似波。

自廈門泛海登鼓浪嶼有感

西風落日晚天晴列島遙看戰一枰番舶正連鵝鸛陣怒濤如振鼓鼙聲憑高獨攬滄溟遠斫地誰爲楚漢爭海水自深山自壯不堪重憶鄭延平

與漳州游君談鄭延平遺事

樓臺海上接炎天自古羲輪引列仙粒粒想思種紅豆年年望帝降啼鵑無端廢壘埋荒草定有長蛇隱率然一客欷歔爲余道於今非復舊山川君云延平故壘在鼓浪嶼巖仔山巔其山半有穴深二三里可通海濱地曰內厝澳相傳爲當日埋兵處彷彿吾吳藏軍洞也聞今有大蛇甚多故人皆不敢入

廈門寮仔後街爲鄭延平王操練水軍處四山纍纍皆荒冢也通商以來市廛櫛比鼓舞如雲非復昔時景象矣余居於此十日詩以紀之

思明州畔獨思明骨白原荒蔓草縈遺獻無徵餘壁壘余求漳泉二府及同安廈

（門志書皆不獲）天因有淚哭滄瀛山寮繞綺今多麗舴艋銜風舊水營（海中小艇甚多俱極平穩余無日不乘之以習風濤）自挈奚奴居此地宵來如夢鄭延平

志儒書來言黃亮叔先生象曦死矣

松陵文物太飄零又見薇垣隕歲星水利當年多述作老成自此少儀型（君有水利考續輯）悔於身後臨風慟恨不生前侍德馨獨抱遺編向誰語（余所輯先輩著述屢欲就正於君而輒未果）九秋煙瘴客南溟

天楳以與渠別字相同作詩見寄余既答之矣復念亞盧名亦與余類詩以贈之

將軍票鷂慙非我骨肉交情罕逾卿殘月曉風徵姓氏荷花桂子識才姓少年如此公眞健期許生平總可驚願與良朋共相守歲寒松柏締貞盟

十月二十三日有事於雙忠大忠之祠

天風推盪月西奔落拓行吟到海門淸酒一尊餘痛哭靈旗千載接英魂休嗟少帝今淪沒指顧睢陽得保存代雁況銜飛檄至賀蘭行自謝中原

潮陽海門灣蓮花峯宋文丞相望少帝處也余登東山水簾亭見其地白日銀濤漾漭無極以相距二十里不及至遂賦此章

潮陽南去海門邊貼地孤峯似碧蓮望帝爭傳文相國傷心誰挽漢山川登高此日空憑弔袖手何人去著鞭祇喜和林行自返投崖天子起龍淵

十月二十七日自潮海赴香港中夜望海有作

落日崦嵫裡圖南氣未降孤身別潮海飛夢到珠江星斗芒如掃風濤怒拍艭遙知朔方事此夕正紛龎

試問深宵際燈花燄若何歸期終恍惚陳約屢蹉跎北極腥風動南天熱血多吾曹應有事努力礪征戈

留題羅浮山黃龍洞

天華宮闕黯然收祈福難徵玉簡投一代雄圖歸寂寞百年孫子只焚修觀主劉薦卿云係南漢後人崎嶇石磴盤空峻夭矯松身拔地遒驀聽夜來風怒發洞龍吟嘯不曾休山多古松入夜風濤作響尤有萬馬奔騰之勢

自厓山麓之干冲橫渡海面至三村作

忍說元龍氣自豪兩厓風雨一輕舠羣峯合沓圍人急衰草凄迷觸浪高塊肉不存徒涕淚荒祠何處認蓬蒿文山正氣欣還在且酹黃蕉抵濁醪時余方覓酒爲奠而土人誤以蕉進

厓門四律

新會縣南之厓門宋陸丞相負少帝蹈海處也余於仲冬七

日自江門獨游至此宿全節廟一夕而去風雨四合陰森怖人賦此誌哀

江門南去即厓門一水微茫白日昏煙雨忽來山驟合桄榔生處廟猶存蒼涼獨有遺民拜惝怳難招少主魂自數興亡亦常事不堪胡騎徧中原

歲晚夫容尚未開幽禽啼血豈勝哀瓊樓玉宇今何在地老天荒我獨來潦草觚稜瞻宋闕（廟門一額題曰有宋存焉四字）悽其風雨泣寒灰慈元殿閣終多幸唐桂何曾一庇材（楊太后母子得聖明御宇而彰顯之若隆武永曆二帝事同一轍不知何日爲之哀恤也可慟）

淙淙遙夜雨聲多獨哭荒祠淚似波若有人兮留勁節自今誰與共邱阿挑燈快讀殘碑字危坐頻吟正氣歌一事祗防山鬼笑楚囚胡服竟如何

奇石鐫功笑此兒百年胡運豈須悲當時漢祚雖云盡轉瞬冠裳究屬誰賢后永存全節廟孤臣爭拜大忠祠扛龍更有吾宗筆義卓陽秋幾絶詩謂白沙先生也

厓門阻風雨

盲風怪雨黯山椒獨泛厓門鎮寂寥閑想趙家天子事精禽遺恨總難銷

十一月七日爲瞿張二公殉節桂林之辰慨然有作

桂林雲樹黯生涼風洞山高墓木蒼師弟百年留氣節乾坤千古振綱常當時雷電昭天變此日英靈炳帝鄉休羨孔家仁聖裔即今誰憶定南王

卷五　完

女兒繇祥校字

呻吟集

癸亥十一月

陶遺題

浩歌堂詩鈔卷六　　百尺樓叢書

呻吟集

松陵　陳去病　佩忍

病中雜感　己酉

南行不得志東望徒淹滯塊焉返故鄉寂寞衡門閉愍念平生交磊落半長逝餘子雖倖存精氣悉頹敝而我獨耿耿犇走未忘世徬徨策治安何者非匡濟山高不厭攀水深不厭厲涉江采夫容誰能待晴霽

時窮壯士見世亂腐儒斃達識有高懷烏從形迹泥况當厄運年胡漢一衰替澒洞勢傾舟何暇怨操柂應與振奇危亂流急同濟庶幾繫長纓略可傲荒裔功高吝其賞長揖返江澨聊以表深衷自不同繆戾

我有同心人淹滯曲江澨歲歲不得逢相思各流涕何計使之併昕

宵對姝麗燈炧共塡詞更闌還擁鬢如此度長年亦足忘昏曉天意阴長淤徒令日侘傺文君信鈔妍臨邛悵迢遞願言愬征鴻音書莫遲滯

貧士百不歡著書亦幽滯鬼伯日揶揄長年半疲弊所以雄奇文靈藏不出世長門莫與雙鷁裘輒隳敝衰病復途窮由來阮生涕顧惟懽愉人漠然不關繫譬如南冠囚寧邀北胡契荊璞且自珍瞬晤重華帝

病愈矣忽復大作不覺戚然

不堪多病廢尊罍長負林花次第開草草光陰駒過隙沉沉心事刦餘灰（平生纂述先民遺箸多所未就）蒼茫四海無家別潦倒中原絕代才只合蒲團老身世萬緣删盡息悲哀

送楚傖之粤

羣龍無首亂方延落日虞淵急景旋破碎山河餘錦繡莊嚴國土奈戎旃呻吟我已垂垂老努力君應虎虎前吹陣好風向南去會看平地上青天

病榻書懷

莫惜華年與盛名試觀時事足呑聲霸才無主君休病節義云亡道孰行野鳥居然來繞室江南何處可忘情思量便逐閒鷗去烟水微茫一羽輕

楓江漁父黯然悲叔季應敎曼倩飢文體漸卑輸古味狂泉爭飲奈羣兒息心且泯千秋想稽首誰爲百世師只有靜參微妙理亂山黄葉一茅茨

三紀初度書寄同志時瘍病漸瘳由滬回居硯水

泬寥天氣又新秋弧矢重懸我獨愁多病不堪人事廢壯懷空負海

天游茫茫家國千秋恨落落浮生幾輩休强起自將明鏡照鬢絲曾否白盈頭

少年何事起悲歌嬌首蒼茫淚似梭身世風前飄弱絮美人天末隱微波兵戈滿地神龍小日月經天百寶多漫向秋江怨蕉萃芙蓉花發未蹉跎

七月十四夜對月有懷

回首滄波闊伊人近若何相思千里别悲涕不成歌日薄魚鴻少秋深病渴多可憐茂陵客惆悵憶銀河

重過西塘就醫

元龍湖海士豪氣未全除又作遨遊想渾忘憂患餘乘風列禦寇秋雨馬相如遂此煙波老浮家即隱居

盧墟泗洲寺永安橋爲楊維斗先生殉國處余過其下屢矣爲

賦一律以誌哀悃

秋風蕭颯白蘋開欲潔椒漿奠一杯烈士有靈終不朽虜塵如霧豈勝哀遺書掇拾將何補（予曾輯公遺文爲一卷）短艇荒茫慨獨來惟有中聲天地壯悲歌應得似西臺

吳門寓齋題壁

金昌亭下寄儂家俠骨高風渺莫誇（要離梁鴻二墓在專諸巷城根今已蕪沒）只有專諸門巷在明珠穿徧女兒花（巷內多珠肆故俗名穿珠巷）

五噫吟罷曜初暾省識皋家廡尚存底事齊眉人影遠蒼涼梅福隱吳門

賦得韓亡子房憤爲安重根作也

慨昔三韓地于今一旦休俄然來大俠猶解報深讎博浪椎重奮轀輬血迸流翻憐寂寞士難斬郅支頭

唐莊 庚戌

六橋烟柳爛如霞綠螘春濃買酒家正是難逢三月節怎生遲汝七香車行行陌上今休緩去去湖邊日欲斜爲報唐莊好消息碧桃猶有未開花

題沈君墨小詞

上馬歷秦川下馬筆如泉跋涉關山道書生今少年

人面不知處梅花仍發英可憐幾經過愁殺瘦腰生

送春

落紅成陣委芳塵惆悵天涯又一春只我强能支弱骨可憐猶有病中身

無計留春强自寬伊人天末想平安何當一櫂滄波去翦翦風多欲渡難

紀夢中人語

索居多苦辛思君令人老乘龍一遠翔何時返蓬島黃塵播中原寇盜紛難掃我欲從君游崎嶇盡蜀道天壤邈蒼茫英雄忍潦倒何如事長生去覓安期棗鉛華勿復陳但種瓊瑤草

與諸生夜話

百年幾見邴根矩並世多逢華子魚漫信一錢程不識能同完璧藺相如

持節誰憐蘇屬國新聲爭慕李延年還宜玩世東方朔不作刑餘司馬遷

夏日過全福寺

微風振晴昊汎櫂出湖漘蘭若愜幽趣衣冠多隱淪摩挲碑碣古開闢徑畦新龍象應長護禪宗今有人

清遠庵有懷熊魚山相國

孤臣今不作餘此一茅茨搖兀荒江外徘徊夕照遲永懷明社稷無覩漢威儀剩有遺篇在丹衷炳水湄余藏公遺文數十篇

寄天梅小景

大夢不常覺浮生何太空三春芴過眼飛絮又隨風奈爾滄波老憑誰感慨同寄言高季迪長與託情衷

初抵虎林酒樓坐雨辛亥

孤蓬落遠道寒雨當春天情意一失稱幽意何緜緜緬彼素心人正爾谿山邊音書頗迢遞身世尤纏牽亦有平生親興會方騰騫尋梅負前盟獨乘鴛湖船緣是不得幷勞燕儼劃然陰沈苦無俚閒憂且自蠲罏頭一買醉賸要和衣眠中夜復何嚱道晤瓊瑤仙

金陵雜詩

帝京風物信繁華，故國邱墟亦可嗟。欲向鍾山去憑弔，午朝門外屢廻車。初抵金陵

黍離麥秀待誰歌，潦水縱橫版沒多。最是郎當聲過處，故宮瓴甓馬爭馱。偕曉公過明故宮，積潦縱橫，宮牆毀壞盡矣，感成三絕

當年此地集群臣，肅穆冠裳拜聖人。今日空懷蘧伯玉，滿宮車轍動轔轔。

觚稜金碧黯然收，極目荒茫水國秋。底事橫流今未已，陸沈眞箇屬神州。

不爭家國只爭墩，晉宋風流可尚存。輸與鄰林老開士，蕭蕭暮雨掩山門。半山晤鄰林寺僧大道，與曉公談禪甚洽

桃葉人家水沒扉，秦淮閣子映斜暉。半晴半雨太無賴，六月金陵穿袷衣。青溪閒泛示曉公

復成橋畔柳垂垂一槳中流日乍移閒與群公話風雅靑溪應槩小姑祠

淸涼山色撲眉靑避暑何人降彩軿記得年時攜手過低徊曾訪翠微亭龍蟠里閱藏書因過淸涼山至掃葉樓閒坐

文淵閣子久罹災剩有閒情理刼灰頻向石頭城下過人人知是看書來

倚馬文章夙擅長猶龍道德勢能張霍王小女奚癡絕錯認當年李十郎瞰廬有翁子之憾慰以三絕

不堪重唱大刀頭一著差池一局休溝水東西流不定問渠何地可埋愁

大好團欒月一規倚闌閒玩儘移時明心見性應如此莫復中邊悟徹遲

雲程萬里圖爲陳劍魂題

澒洞風波捲地來中原此際正喧豗憑君直向南溟去他日相逢破浪回

少年亦有志封侯手挾鯤鵬萬里游老我十年吳下住空教冷眼矚神州

後望嶽圖爲祝心淵題

衡嶽峰高氣象雄扶輿磅礴鎮寰中當時誰是開天手第一君家老祝融

融炎光氣炳南方大有人材厲劍鋩底事西風摧健翮至今遺恨說瀏陽

陽鳥賓南又此時側身凝望總成癡微聞消息秋來好木落洞庭波正奇

卷六完

女兒縣祥校字

癸亥仲冬

光華集

柳詒徵

光華集　　松陵　陳去病　巢南

贈張溥泉 壬子

與子十年別相看各老蒼論交餘慼慨多難罕文章救世情逾切共和願豈償勞生知未已何暇計耕桑君語予欲卜居江浙間躬耕課桑自食其力余笑應之而知其未能也

自浙入湘喜晤夢蘧君劍諸社友

脫帽一爲禮浮蹤江海來吟朋都到眼歡飲復傾杯時事且毗置文章要主裁懷湘兼望嶽齊上楚王臺

偕夢蘧醉厂游嶽麓有悼陳天華烈士

結交得良儔昕宵恣讌游駕言出西郭揚舲渡中洲湘江水清淺橘樹青油油恍悟湘之靈鼓瑟臨清流俄然抵岳麓夾道青楓遒小憇

愛晚亭捷上如猿猴瀹茗虎岑下鶴去泉還留遂超千級磴而淩羣峯頭新塋築壘壘雄鬼聲啾啾中有湖海士吾家之驊騮昔時共肝胆今爲隔明幽傷心一隕涕悲風徒飀飀去去上雲麓氣壯身益僂琳宮忽在眼洪鐘疑贅瘤云是先代物欵識今堪求溯當萬曆際索虜方虔劉潰癰卒遺患被髮長含羞濡忍三百載决絕終無由人心忽思漢天運復來周荆楚一振臂天下皆同仇遽翻往古局一洗羣倫愁因緣得來止豁爲開心眸青天亦何問金尊且暫休芳蘭况滿前春意豈淸秋浩歌一采擷安用哀高邱

紅拂墓在醴陵縣西李衛公祠後山上

獨上高岡弔俠魂美人長謝蹟猶存當時朱邸辭華轂此日青山繞墓門巨眼殷勤卿有幸布衣飄泊我何言隔城鶯燕知多少好擷芳蓀奠一樽

題湘鄉成琢如本璞塡詞圖

玉田騷雅碧山工七寶樓臺未許同六百年來淸響絕如君應得振宗風

綺語能忘難復難玉簫間擁碧天寒詞成黃絹知何似笑與從旁幼婦看君寵姬侍側

題宋癡萍菊隱圖小景

秋菊澹如何斯人亦可多雅懷彭澤令羈迹洞庭波顧影生禪悅臨風得醉歌萬梅花樹裡我亦任婆娑余有鄧尉探梅圖

題醉庵小影

窈窕青楓峽攀躋一徑通孤亭常愛晚高樹盡拏空有客能逃俗余懷恰與同披圖留後約來賞一林紅

中秋夜左湘陰園池坐月

洛社清遊已足誇是日長沙南社同人開讌于烈士祠會者數十人宵深還詣故侯家亭臺零落供吟眺士女清嘉樂歲華座有朱靜宜品瑩姊妹均明楚藩裔孫也一老驚人尊古德指尹先生金陽得僧閒坐說天涯海印上人將有京津吳越游因暢談天臺西湖近事文章我亦差堪幸擲筆來烹藏衛茶經輿出藏茶餉客適余方著西藏行省議成飲之殊喜

長沙題鈍根小照

風度淵凝若有思知君心事在天涯堪憐長夜何時旦轉盡愁腸不自持

還似行吟湘水邊或攜樽酒或參禪興來便捉漁竿去湖雨湖烟渺一船

洞庭舟次寄别湘都督洎南社諸子

湘江水碧楚山青一棹衡風下洞庭最是别情無限好滿攜縑素返西泠

耿耿心期未可攄周旋江海總成虛何當卓絕雲霄上卷軸山川一展舒

一天風雨又重陽吳楚兵銷漢冑昌難忘去年今日事君侯決策定瀟湘

淼瀰君山一髮青伊人何處覓湘靈不如西子湖邊去長日閒遊風雨亭

披襟來上岳陽樓荆楚江山一覽收重憶吾鄉范老子平生後樂與先憂

孤山探梅未放即呈鐵華女士

獨抱孤芳傍翠隈向陽無分上瑤臺浣花女史休相惱山背寒葩豈易開

偕遜初遊靈隱韜光烟霞石屋諸勝 癸丑

武林山水擅南中躡屩登臨興不窮蜃氣遠含滄海白夕陽斜掩寺門紅春梅凍雪花逾潔石棧穿雲路許通且莫籌邊論史去君約予撰南明史後金國史等作兩高峯上一支笻

靈隱僧房與遯初諸子夜話

萬事紛乘總偶然宵深閒坐竟譚玄漩渦一入眞無主法象全超豈盡禪吾道由來桶脫底佛心應似蜜忘邊溝通儒釋存眞理白絮青蘋未算緣

哭鈍初

柳殘花謝宛三秋雨闇雲低風撼樓中酒懨懨人愈病思君故故日增愁豺狼當道生何益洛蜀紛爭死豈休祇恐中朝元氣盡極天烽火掩神州

自兗州過曲阜謁聖廟孔林四首

假蓋欲出門主人不我與驅車輒長行去去向東魯初過泗上橋官
柳綠呈嫵迤邐接平原良疇益膴膴忽逢棗柿林或者環以堵土風
雖不華富庶隱可睹約畧卅里餘遙天露璠宇巑程意復前漫空突
飛雨牛車蹇闉闍欲行更橫阻護短愧未能解衣一長憮
曲阜古魯國少皞之遺墟周公首封此禮樂盛一隅伯禽征淮徐武
功亦絕殊胡爲隱桓間骨肉爭璠璵簒弑既相循王道日以渝卓哉
孔聖人章逢步天衢一朝集大成遂爲萬世儒春秋素王業今古復
焉如
巍峨孔子宅依約魯王宮宮牆高萬仞循走傴吾躬稍焉得門入碑
碣森穹窿徘徊歷階墄登堂拜聖容聖容溫以和盎然儒者風循循
知善誘博約能折中彬彬後君子允哉吾其從
出自魯北門遙望見高隴盤松如游龍夭矯夾修甬徐行渡洙水水

枯草獨莽嶙峋石闕多淩雲特修聳千材聚一林心知異方種獨無衛賜楷墓廬少翀幪爰瞻宣聖碑爰謁尼父冢其旁子若孫纍纍悉環拱下逮古來今佳城益蘢蓯如堂亦如斧間以馬鬣竦周垣十里餘無墳不姓孔乃知族葬禮能令風誼重

陋巷

憶昔顏子淵樂道恆守貧簞瓢處陋巷其陋應無倫疇知今不然里閈俱一新即投逆旅息雞黍紛焉陳詎同石門宿儼逢荷蓧人所嗟末俗敝婬葩充城闉昔也弦歌地今藏鶯花春東魯尚如此奚況天下民（逆旅主人酷嗜雅片故及之）

去魯

驅車渡泗水泗水不盈咫我既漫褰裳車亦詎濡軌魯風雜淳澆別去尚可揣匪若鄭衛間淫聲輒靡靡治魯先於齊東邦庶有豸

登岱

泰山之脈邐東來橫截黃海趨登萊之眾琅琊各呈勢捷出汶濟巍虖魏汶水西流濟東逝梁甫亭云互藩衛儼然齊魯獨稱尊如仲尼父亘萬世嵩衡恆華迷浮雲小天下處今猶存登封昔記七十二奈何晚出相如文文非諛頌始不朽李相秦碑復何有懸知造極必登峯莫便裘裒落人後

泰山絕頂登封處題壁

天門詄蕩蕩海甸莽蒼蒼石棧千尋迴汶流一綫長風多松愈勁雲擁壑難藏雷雨中宵發雄心動八荒

立夏再集崇效寺分韻得丹字即送芷畦南歸

春風三月滿長安次第評花到牡丹壇坫主盟慚我弱湖山無恙任君看及時行樂休推醉限韻分題且自寬祇是一枝紅芍藥故撩離

恨上眉端

雨後

六街初洗淨無塵雨後樓臺色倍新堂上籔錢榆展莢梁間私語燕留春緑肥紅瘦將誰主草長鶯飛又一辰寄語東皇好歸去莫教愁損陌頭人

哭夢逋老友

君諱蜕字蜕庵陽湖人遜清季世首創蘇報館于滬上聘章鄒二君子主筆政以提倡革命光復後竟以侘傺死

同甫當年負盛名揮毫驚起攘夷聲破家不已重亡命萬死何曾媵一生惟有威丹知已感空餘杖叔故人情介推無祿眞堪憤欲按心頭總未平

十年一別老陳琳未信歸來雪鬢侵詩酒誰令逐年少文章依舊斷

知音西湖有約偏難主南社無君忍重尋最是楚魂招未得鵑啼猿嘯激哀音（君長女擷芬嫁四川某君在巴蜀未返）

京師重晤黃晦聞

六年不見黃叔度執手驚看鬚鬢蒼與語前塵各惝恍爲談時事只悽惶龍蛇戰野宜沉隱虎豹當關敢稱量惟有蒓鱸歸去好秋風斜日滿江鄉

鈍初卜葬有期詩以哀之

九月幽并氣似秋招魂南望豈勝愁龍蛇起陸翻天地風雨橫江黯斗牛坐使楚材供晉用更誰儒雅足風流驚心我亦終無告（先日值先節孝亡忌）忍自三長理索邱

出塞望蒙古

我欲登崇岡石骨何峋嶙我欲度沙磧陷馬且沒人驅車悵徘徊臨

發復逡巡朔風驀地來撲面驚胡塵胡氛日以惡剿撫終因循防邊閲二載衛霍功誰陳兵增不征討苦哉塞下氓平生有奇策悉開諸邊屯繁盛爲郡縣曠土移流民耕農兼畜牧富庶期先臻閭乃列横舍文化推無垠非徒鶩鞮譯將使明彝倫庶知天漢威努力傾葵忱誓詞戴中國弗復私强鄰謀忠地位微耿耿誰與陳發篋仍自緘撫髀徒悲呻

夜宿張家口獨步通橋望月

朔風晚益號河水夜益喧寂聽苦不耐出門且盤桓門外有長橋蜿蜒如龍蟠登橋見明月皎皎青雲端下照渾河間如練張檀欒依稀月有聲靜探乃激湍對景忽懷思隨流下桑乾去去海門東大風生層瀾舟輕曷可達艱哉道修難何如老塞上鐵衣支夏寒

通橋月夜聞歌

撲地征沙不可支悲風獵獵響流澌羌笳聽徹愁無際記取邊城月上時

獨上河梁玩月明忽聞歌管若爲情東南民力思還在奈爾淒迷一片聲

四十初度黃海舟中遇霧一首

祲氛何事壓溟濛極目南天路欲窮一鳥不飛惟見海孤舟高駕獨當風漂搖身世馮唐老跼蹐關津阮籍同安得吳淞江上去綠簑青笠作漁翁

落葉

轉綠廻黃幾度秋洞庭波起不勝愁青娥若解題紅字儘許傳情出御溝

贈勇忱

南風忽不競陰氣何森然處士無好懷行行良難前曷若務高曠去游東海邊聊同徐福智寧云求神仙大陸日以沉洪禍日以延君行我益悲誓從淵魚潛

酬鈍根醴陵山中

再難海上遇成連常使湘靈繫舊緣小別幾同龍漢刦幽居奚啻竹林賢時危合共名山老秋盡誰爲病骨憐惟有新培桃李盛聊垂絳帳送華年

哀陳勒生

知君崇實際亦頗事文章有筆能扛鼎傷心起障狂圖將匕首見身竟掌雷兆慚愧漸離筑悲歌易水長

春暮集樸學齋 甲寅

市樓一角日西斜細雨櫻桃正落花尚有斯人存古誼獨招朋舊泛

流霞殘春欲去情猶戀乳燕初飛力未奢底事荼蘼消息晚故教魂夢繞天涯

重游北固山

冢落西風候重來北固山孤城環鐵甕一水擁螺鬟王氣孫劉盡歡游沈宋攀妝樓遺跡在我欲畫眉彎

題潘老蘭圖卷時余方從京口無錫歸也

纔向泉邊聽雨還更從京口踏三山松濤謖謖江濤壯笑與先生一例閒

陽冰書法信通神斯邈之間可等倫記得鳩茲歸棹日一篇謙卦搨來貞乙巳冬在蕪湖李春波贈余謙卦拓本頗佳

哭黃摩西人

過從猶得記吳門文獻滄桑細共論最是寶刀輕脫手南州遺箸荷

君存君嘗以所藏吾鄉徐松之詩風初集見贈

淵雅權奇兩有之玉樵觚賸信堪賚如何一疾猖狂甚秋盡江南氣變衰

哭徐子鴻秀鈞

悲來艱忘故人存元日梅花正閉門微雨乍晴初雪際白雲曾與話黃昏

慚無奇計供籌策却有良朋許笠車萬一燕郊閒稅駕那堪重過廣安居君見余嗜越釀嘗約杜仲虛輩觴余於此釀之最佳者也

梨花里留別亞子

誰家水楊柳秋末尚青青倒影自娟娟臨風亦娉婷離人懷遠道小飲過旗亭向晚揚舲去縈情入杳冥

夢季高

強死已三夕身名委逝泉何圖忽入夢英爽若生前慮短應罹患時危貴自全韓彭今已矣誰復事神仙

夢劉三

不見劉三久經時復隔年朝來忽入夢丰采故依然似說躬耕樂微聞新婦賢鄰陳荒冢在宿草想芊芊

弔張伯純

湘鄉老名士湖海久推尊風雅一門葉濤高臥雪袁可憐杯酒罷長斷故人魂歎息斯翁逝中原那可言

重過逸廬

一自斯人逝空餘燕子樓飢鷹集未散羣鬼瞰難休矧值南風競猶勤北顧憂鼓鼙聲漸急棖觸起牢愁

泛舟碧浪湖因游道場山登絕頂騁望

一櫂信縈紆言尋碧浪湖山高渾似弁城隈合裁菰湖州舊菰城縣也塔影中流柱鐘聲野寺疏養魚兼種竹我獨慕陶朱相傳范蠡滅吳泛舟五湖養魚種竹於此山頂見此景

嘉平望日自吳興放舟至鴛脰湖月色皎然遂過梨里訪亞子

皓月晃中流妖氛四野收江邨連樹遠湖水極天浮星淡猶横漢梁低不礙舟故人知近在一宿許相投

夜過分湖一路看月出谷水

浩渺分湖水東風吹月明江潮落復上雲氣莽難平世事隨流轉雄心帶淚幷何當謝鄉國攬轡事澄清

挽虞山沈母趙夫人

一琴一鶴舊家風絕技鷗波異代工叵耐瘦腰騎鶴去遺琴長自冷焦桐

夙聞諫草懾神姦矧復氷霜訂俗頑他日詞林修信史一門忠節豈容刪（謂沈北山䟽糾剛毅也）

我亦當年鄭小同傳經常傍繐帷中不堪衛霍蹉跎甚輸與賢郎百戰功

劉廉卿先生七十令子季平徵詩

令子十年交契久而翁七十古來稀人生快意須當醉况値黃花秋正肥

爲蔡寒瓊題郭頻伽手寫徐江庵詩册

話雨難尋舊小樓零星遺稿更誰求多君獨向長安走拾得瓊編手自讎

振古奇才郭十三窮交端不負江庵一燈午夜齋心寫脫贈賢于舊館驂

斯文顯晦果誰教秘本分明尚可鈔却喜拈來雙璧合願君珍重莫輕抛

訒广見眎韋齋初我懷廬諸公肥寬韵倡和之什因繼聲投韋齋

雲根聞說掩荆扉杜牧寄李諫議句雲根掩柴扉自愛鱸魚雪片肥賸有詩情忙未了漫嫌歸鳥倦還飛

四愁寫就琅玕碎一舸歸歟笠澤寬只惜陸家豪士賦不曾傳與晉廷看

酬初我

彭澤歸來日扣扉秋園還喜菊花肥君園中忽開並蒂菊齊民信有生來福何似劉郎斫荻飛

甘棠乍種吳皋徧君去任時邑人繪棠蔭圖贈之澤國初聞笠水寬我欲重修名宦

傳世南功德許同看鄞人郭世南初官吳江修長橋旋知常熟縣

再贈初我

棄繻投簪老故扉，多君隱遯合稱肥。正官更自吳儂了，龍臥應知夢不飛。千文傳登第後一夕夢入選挂名爲長吳正官覺而笑曰我吳人安得作長吳二縣正官已而果知長洲縣復知吳江州適與夢符君于光復後亦先任常熟本縣官旋知吾邑與文傳同蹋天蹐地曾何益，尊酒聯吟也自寬。且喜賢人聚吳分，垂虹秋色好同看張先爲吳江宰與東坡宴于垂虹亭上作定風波令云盡道賢人聚吳分不應旁有老人星一時以爲佳話君宰吾邑獨捐廉修建長橋與亦不淺

述懷疊前韻

我亦頻年戀破扉，箸書徒遺蠹魚肥往歲選刊松陵文集四卷分贈友朋外所餘八百帙存舍下日久多毀壞今春已盡遭刦火笠澤詞徵雖倖存亦徒飽蠹食而已。滄桑幾度經來慣，那復能令海嶽飛茶陵都督嘗集定公世事滄桑心事定胸中海嶽夢中飛句手書楹聯見贈

十月滄江天正寒澆愁惟覺酒尊寬一池春縐渾閒事忍向東風側眼看

有感四首

儼然宮闕皎綸扉絕倒言眞食後肥祇恐尹家勞役輩觚棱也復夢中飛

皇煌帝諦曾何事繭縛絲纒總不寬何似一竿洹水上悠悠身世任人看

漫道深宮莫破扉帝羓爭比媚豬肥一朝樹倒猢猻散烏鵲空令帀地飛

浮瓜沈李今安在賣履分香慮豈寬却笑圭塘酬唱久雀臺遺史不曾看

民國四年除夕飲詡公家

歲盡一杯酒憂深話更長鵶鶂慴牖戶家國感滄桑惟子修名立能
教苦節揚還應籌大計一爲起南陽

卷七 完

女兒緜祥校字

湖上集

佩悬社盟兄正之

癸亥中冬吴梅

湖上集

松陵　陳去病　佩忍

湖上懷貞壯 丙辰

南山隱約北山昏曉色初明霧尙存小艇縱橫疑欲渡春花燦爛却無言憑欄擬作滄溟想入耳惟聞鳥雀喧奚事故人長落莫深深幨幕不開門 時在朱將軍幕數謁之竟不見

江上遲烈武

鳳皇山頭宿霧消泉唐江上晚生潮憑闌鎭日無人至惆悵青山高復高

烈武邀集江樓

十里錢塘路薰風拂面輕背連山翠重門掩浙潮平入座饒磬逸披襟見性情還憐憑眺處戎馬正縱橫

江樓與烈武別

送君泉唐江上行送君此去展生平他時握手重相見我任參軍子擁兵

湖上閒游簫劍並載過西泠橋見者幾疑白石小紅再世也

西湖六月水生寒荷雨荷風攬碧灘獨我扁舟自搖盪輕妝不厭百回看

蘇小墳荒夕影偏芳蹤閒與話當年西施網得今何許只在垂楊淺水邊

玉立亭亭豔一枝閒時相對總相宜碧簫底許連番掐中有纏綿不斷絲

秋心樓晚眺

向晚一憑欄湖山忞共看心情粗自在兒女小團欒漸覺浮雲幻還

驚夕露寒月明遲未上惆悵越羅單

避雨照膽臺晤季陶孟碩因同謁香山公於湖舫

天教吾輩作詩囚湖雨湖風莽欲秋携手忽然同一笑欲迴天地入扁舟

陪香山公西湖秋泛回集秋心樓有作

秋心樓上晚生涼小飲從容語獨長六幅幒楞齊展拓一時賓客盡疏狂艱難家國良多故領略湖山且自强昧旦北高峯上去銀濤旭日任評量

會稽遊應孫公教

我公好游兼好奇越中父老欣相隨畫槳朝從鑑湖汎巾車晚向蘭亭嬉峩峩大舫抑何麗寧知滲爲同漏卮長年把艣不暇顧公獨笑謂能補之褰裳箕踞不一瞬泯然無縫如天衣自來賢聖不世出補

天補衺隨其宜公本素具回天返日之妙手力驅胡虜還皇羲金甌乍固責未卸牛刀小試寧嫌疲衝波直上自容與中流膠解何憂疑宣防既塞漢武憙憑公探奇禹穴搜秦碑

象山港即事

浙東多海灣灣灣盡開塀最奇爲象山中閎亦外窄既可資保障復足容探舶所以籌國防茲焉動規畫悠忽復經年任付魚龍宅德也既未孚險棄徒堪惜居安竟忘危臨危問何益偉哉香山公雄圖託游迹既探禹穴奇復不憚遠役萬頃覽蒼茫一泓汎澄碧舢板隘如蠡幾不容片席賓從都折還公獨窮幽僻爰知弘毅士抱負自雄碩寧同山澤癯忘情任所適涼飈送遠空清輝瀉秋夕公也竟歸來驩呼一浮白

普陀兩首呈香山公

昔聞三神山今見補陀澳東海渺茫茫鼇峰高矗矗砥柱水中央雄
奇掩王屋蔚焉列招提比似三天竺緇流千百人悠悠脫塵俗或云
有茅篷蔭芘山之腹老僧坐其門道行最超卓問年已不知凝形殆
槁木證果倘修成享盡來生福
福慧我未修幽奇喜相逐妙相覩莊嚴林巒恣躑躅最上佛頂山豁
然曠心目東望極榑桑西盡曲江曲層雲若可攀奔濤奈驚簇悄焉
下危岑旃檀襲芬郁山靈恍來迎雲中見羽纛去去我弗知且罄中
山酥

唐繼興靈櫬南旋詩以弔之

繼興被捕前一夕偕闕玉麒麟書過余小飲酒半披衣遽去
曰酒能誤事予今有事留待再飲可也越宿而君被捕之信
逼滬潰矣傷哉今玉麒忽復病歿感念夙好曷禁泫然

何如一歙沈冥去忍見靈旗黯澹還別有綠波亭畔客幾曾歸櫬麗陽山（亭山皆在處州時玉麒尙在殯所）

英士歸葬吳興爲賦輓歌送之

慷慨陳驚座高懷迴不羣談兵多智略討虜建奇勳鬼蜮終難禦膏蘭忍遽焚霸才今已矣揮涕一憐君（用溫庭筠詩意）

警世久蹈海（湘中陳天華）勒生還自戕（閩中陳子範）吾宗何不幸於子益堪傷

湖海豪懷盡龍蛇厄運張道場山下路松柏總蒼蒼

寤寐若生平從容入漢京指揮餘劍略談笑見心兵信有靈旗護誰尋息壤盟風流悲頓盡青史浪傳名（昨夢偕君在都）

馬鬣營高廠遙窺碧浪湖霸先懷舊業仲舉本吾徒會葬來千里哀吟動九衢漫嫌徐孺子一束有生芻

謁克强靈幃

一天風雨闇征車慘絕人琴邈海涯漫向黃花岡上望秋來依舊哭黃花

湘中老友如公少海國周旋十四年重憶陳天華楊篤生兩奇烈楚天寒雨總茫然

可堪宋玉負沈冤義旅相將起白門未信元凶今已滅思君重復賦招魂

幾度高張革命軍不應地下早修文傷心最是孫討虜乍哭陳蕃英士又哭君

南社風流亦可吁鹿門和靖邈云徂麗檗子林寒碧先後下世千秋絕業今誰繼豈獨酸辛舊酒罏

重上京華示諸同志

香南雪北又重來感逝懷人亦可哀事有從違須佩玦胸多塊壘且

銜杯登高合賦哀時命濟世誰爲大雅才惆悵西山晴雪滿莫嫌雙鬢已皚皚

北出居庸關

從容一騎蹴平沙崱屴犖山夾道遮歲晚晴雲烘笠屐西風黃葉藹槎枒漫矜驢背饒詩思直欲龍堆卜住家多少芻尼頻報喜（磧中多鵲）防秋應莫動悲笳

宣化道中

軒皇神聖古無儔巨斧能開大九洲涿鹿山高餘黑霧荻蘆灰冷渺蚩尤黃塵遠上迷京觀碧血深埋憶故侯（明英宗土木之變恭順侯吳克忠及其弟都督勳先力戰死成國公朱勇永順伯薛綬往援又全軍俱覆及帝被虜英國公張輔泰寧侯陳瀛等五十餘人皆死之官軍殉者數十萬）漫笑平城圍易解防胡還自要良謀

少年行四首張綏道上作　八

少年負才兼好奇少年涉歷臨邊陲少年拔劍歌慷慨少年矢志平羌夷羌夷犯順素不測將士防秋罕功績少年不用當奈何轉恐年衰憚冰雪

白日匿兮大漠寒邊草衰兮冰雪殘我行西兮當歲闌意慷慨兮淩重關重關自昔誇雄壯天限華戎若屏障潛移默化會有時今日重關已開放

勸君莫誦行路難勸君莫復居長安長安居固大不易緇塵汙人尤難堪何如飄然去絕塞可牧可耕總自在一朝中外大用兵我有奇謀足防衛

浩然行矣復浩歌關山越兮哀笳多傷高懷遠自惆悵手無斧柯當奈何即今車書久同一奚事窺邊猶未絕征胡我媿霍票姚獨上陰山望高闕包頭鎮即漢高闕縣故地時方有寇亂未靖

自陽高縣抵大同

雲輧飛處射晴光三晉雲山接大荒摘盡葡萄歌未已雄心長自落邊方

太原公子今何在代北佳人世尚存小立不妨容再顧傾城傾國漫須論

大同懷古

紇干山上雪皚皚（在府北）凍雀號寒信可哀故壘低迷蘇武節（武故城在府西北為使匈奴時所居）朔風高撼李陵臺（在府北燕然山）流泉飲馬今何似（府北白道泉相傳為飲馬長城窟處）詩老封龍去不回（渾源西南上多勝概李冶元好問張德輝嘗游此時號龍山三老）剩有妝樓遺蹟在佳人傾國鎮相猜（府西北有遼蕭太后梳妝樓又諺稱雲中出美女今俗猶然）

贈孔庚時為大同鎮守使

獨向雲中擁節旄風流儒雅亦吾曹（君本兩湖書院高材生）輕裘緩帶思羊祜

織錦回文笑竇滔自喜籌邊逾十載不愁飛雪滿征袍北門管鑰終須仗好列杳梨校六韜（君於西北邊防計畫甚遠）

晚抵豐鎭

平疇彌望息邊塵蔬果駢闐物候新如此風光無限好淸詞應譜塞垣春

豐鎭車站長崔君語余明妃冢所在余攷之舊志良是並聞蒙語歸化城爲靑城尤可異

長幸明妃舊有邨更聞靑冢近猶存遙知歸化城南月夜夜能招漢女魂

崔君又語余豐鎭西去十里爲德勝口古紫塞也戲成一章示之

亡秦者胡非匈奴紛紛築牆何爲乎勞民傷財古所戒邊陲乃役千

萬夫墩臺相望踰萬里西起隴坻東臨榆其間一塞獨名紫安知汗血非祥符驅胡逐胡群胡遠趨意猶未足更遷扶蘇坐令沙邱暴亡柄移佞諛轀輬載歸蟲穿腐軀蒙恬賜死李斯誅屠指鹿爲馬交欺誣帝皇萬世遽絕望降車軹道徒趦趄爰知貴德不貴險守在四夷非迂疏噫吁嘻守在四夷非迂疏空言戰伐豈良圖

豐鎮見雪

胡天一夜雪四望盡無垠萬樹枝凝蠟千家瓦匿鱗邊軍紛出塞笳吹總驚人願作豐年瑞時危好指囷（時胡匪侵犯包頭鎮）

歸櫂

歸櫂一身輕時時濁酒傾故書徵越絕鄉夢繞吳羹老去詩還健慵來眼獨撑江湖多舊歷應與白鷗盟

家居雜詩

老子年來百不憂一竿漁釣藐王侯王侯第宅紛誰在漁釣生涯樂未休

杭大宗徒賣舊鐵郭靈芬乃紀神廬書生結想終癡絕千載空令願欲盧

葺屋二首

百年老屋日傾頹忍作薪材付刦灰豎起脊梁振門戶不妨蜃氣幻樓臺

孳精倉鄦紹絕學韓柳文章自老成一掃町畦與瑣碎底須依傍到桐城

論文二首

近儒斷斷論文法怕到文成已下乘奚似屠刀一放手茫茫彼岸立時登

長女粗能弄柔翰次女乃亦識之無字以希處曰齊蔡衣鉢庶幾傳老夫

課女一首

立夏前三夕紀異 丁巳

丁巳三月十三夕豐隆震驚闐列缺俄焉飛雹大於拳錚鏦打窗勝金鐵琉璃破碎奚足論四野摧殘至堪惜回飆疾捲去復來瞬息中庭積冰雪心知天變必有因況值南郊迎夏節陰陽相搏太離奇鬼氣森森劇蕭瑟江南茲日正苦暘太湖水枯底龜坼深愁蝻子將蔽天或者秋霖成澤國何期災沴遽相侵豆麥桑秧盡戕賊茫茫浩刦眼前來吁嗟蠻觸爭猶烈

大雹後有感

春雷一震黯然昏閭巷驚呼婦孺諠何似棲霞山館裏盲風橫雨打柴門時聞有人謀危秋社

睎李曉暾縣長

知君深悟大乘禪物我渾忘道力堅我亦年來厭標榜著書還似觀

心賢

儒釋由來共一家明心見性莫參差時人不識歸墟義競逐浮雲翫物華

相期此後要論心釋躁平矜理可尋一笑拈花自神悟寧憑言說始深湛

嚴夫子墓在爛谿東風蕩水中潮汐衝决傾毀日甚春初言於邑侯李君伐石修之秋晚過此有作

當時游讌列平臺（臺在睢陽城東爲梁王與鄒枚司馬之徒游讌處）千載猶留土一坏騷雅情懷追屈宋風流文采軼鄒枚牲牢水北今誰奉（王曉庵張淵甫諸前輩嘗奉祀夫子栗主於水北庵）松柏谿陽好共培容我扁舟獨憑弔寒泉秋菊幾徘徊

自嚴墓至梅堰道中

梁園遺史渺難論逃社風流亦罕存霅水茫茫餘繡榖弁山隱隱識

眉痕扁舟臯兀邨墟遠象教淪胥短碣尊南廠明慶敎寺額慶極矣惟潘稼堂碑石尚存

何限蒹葭霜露意漁歌聲裏覓柴門時欲訪王硯農先生後人

盛澤晤沈秋颿即題其櫂歌

青草灘平合路長圍田千頃幾滄桑龍迷大野還沈睡燕啄皇孫此邇荒漫說紅梨饒豔佚可堪綠曉少淸狂繽紛羅綺風流盡唱徹吳歈總斷腸

寄安如

明七子教人不讀唐以後書雖甚激切然余頗亮其愨直焉自後世撥西江之死灰而復燃之由是唐音於以失墜閩士晚出其聲益噍殺而厲至於今蜩螗沸羹莫可救止而國且不國矣柳子安如獨能揮斥異已挽狂瀾於既倒予甚壯之因爲詩三章以寄庶幾益自勗勵而勿懈其初衷乎

冠履一倒置中原無是非豺狼當大道狐鼠任横飛弘奬今難語元音世本希黄鐘還自寳彈射力終微

不見范文穆浯谿有讜詞獨勘魯直誤寧免一靈嗤叅管應無忤門牆要自持騷壇旗鼓在高唱莫嫌遲

亦有愼交社楓江道自尊猖狂吳季子傲岸笠東門一集秋笳健中朝變雅存汪堯峰尤西堂徒碌碌人物漫同論

客有述黄花岡之役紹興某女士殉焉爲賦二絶

一自軒亭弔烈魂秋風秋雨闇朝昏何圖越國多才俊重向南天霣淚痕

芳蘭端合刈當門君子三千豈尚存漫向黄花岡上望可憐中有女兒魂

別西湖經歲矣重過寥寂異常不覺淒絶

列岫微茫樹隔煙閒鷗空泛鏡中天西湖鎮日無人至零落紅蕖又一年

耕煙圖爲顧靜厓題

不寫神廬不夢鷗不隨烏目去騎牛錦囊長吉探奇句漁釣玄眞得勝流著就玉篇饒逸興種來瑤草足淸秋心光養到渾閒煞奚事瀼西二頃謀（君著有養心光室詩草）

卷八完

女兒緜祥校字

護憲訴訟合彙

胡淵

護憲集　　松陵　陳去病　巢南

湖上雜感二首 戊午

寒雨朝來霽春光望裏賒當門新插柳如面隔年花獨往成孤詣餘情愛晚霞平生知己在寧復一思家

亦有風雲意何堪憂患經蕭條增白髮慷慨拂青萍世事嗟離合閒愁任醉醒鬱沈誰與解天外落春霆

秋感

居閒長自拂吳鈎十載談兵志未酬事有難言惟縱酒身無可託獨含愁隆中詎令綸巾老彭澤何堪斗米求準擬乘雲破空去大風騰嘯海天秋

賦別

日影侵幃掩復開驪駒高唱客心摧十年情好難爲別兩度崎嶇只獨來但乞鱗鴻酬夢寐莫教勞燕動悲哀星河乍渡中秋近贏得征途首重回

泛海

縱酒行吟日易過扁舟溢發未蹉跎秋風海上波濤壯義旅南中戰伐多孤影不須愁鬢髮美人渾似隔天河相期錦字時時寄莫使征夫變徵歌

重過韓江分贈

十年不過潮陽路今日重來只夢痕賴有故人情意好新詞催起舊吟魂 林一厂

兀傲居然古逸民不衫不履見天眞書成獨斷終須秘焦尾休教爨下珍 蔡瀾卿

登龍豈獨識荆州乂手吟成亦勝流如此襟懷誰得似庾公淸嘯最
高樓呂清夷
相看休訝鬢成絲喜汝鬑鬑頗有髭只是梁鴻太蕭瑟白頭如雪向
天涯陳廸予彙懷梁千仞
清標誰似謝司封倒屣迎門幾度逢儂自松陵種松者問君松口可
栽松謝良牧
義旅三千君子多一朝齊奮魯陽戈懸知陳涉廻天手能免王郎斫
地歌陳肇英王文卿贊堯三君
風華跌宕足名家門外爭停問字車我獨願君成獄史夜闌秉燭記
蚺蛇鄧籍香

潮汕道中

一行馴鷺飛還集七月新秧挿未齊勝似江南好風景春犂翻向夕

陽西

酬王愚眞

章舉蝦蟆恣意搜憑君南食更何愁慇勤舊雨重逢日塏爽韓江第一樓四海干戈仍敵愾半天風露欲驚秋長圖大念知何已倚劍從容看斗牛

偕荷公小枚愚眞登韓江樓

九月天南暑乍收相携同上最高樓兩行粉黛添情思幾輩清狂足勝流風雨不來人欲倦山川能說我曾游兵戈未靖江關遠贏得張衡動四愁

金山援閩浙軍總司令部登眺用石上所刻宋熙寧間廣東南路轉運副使許君見遠亭韵

叔世何甘隱草茅高冠長劍入南交書堂鹿洞塵封戶壯士蛇矛竹

礙梢漏網魚憑江鱷去向陽枝喜越禽巢臨風忽動觀潮興芥子休貪水覆坳

食龍眼

風味何殊十八娘新秋時節色微黃一丸金彈憑伊拾百斛珠璣儘我量比似鷄頭差脆薄笑他鴨脚遜甘芳溫柔敦厚詩人品明眼應須仔細嘗

輓江柏堅先生

鱷浦鮀江屢過從襟懷奚啻月溶溶誰知一掬傷時淚痛絕窮途阮嗣宗

我病君能藥療之君行我更挹瓊卮如何楊柳長亭怨化作朝曦薤露詞

紀夢

五千里外一身單客夢蕭條午夜寒卻喜留賓還截髮雙萱努力治盤餐

有望

一聲哀角動西風萬里依然歎轉蓬魯望遙吟餘晚菊周顒淸啖只秋菘誰家春暖花先發故國天寒瘦欲籠（路人時有折一枝梅者乃家人書至又道江南早寒）悵望江南不歸去玉顏何處訴情衷

內子安霞死一年矣于其忌日感成三律

叵耐心頭刺刺酸去冬時節過來難黃腸無地埋遺蛻白髮他鄉憶佩珊萬里崎嶇仍戰伐廿年盟好付汍瀾遙知兒女霜幃裏泣盡寒灰抵漏殘

無分雙棲比鳳鸞祇攜瑤瑟謾輕彈生芻一束臨朝奠繡榻孤懸守夜寒信有渠儂存弱息可毋遺恨託秋紈由來離合尋常事只學蒙

莊付達觀

後事茫茫苦縈思更何長策迪諸兒飄零一劍餘肝膽錯落三霄振羽儀只與英豪提舊夢每從騷雅結新知黃花憔悴西風緊瘦盡腰肢不自持

重過見田別墅

漫從三徑費徘徊無那羣芳匝地栽楊柳迎風渾欲舞芙蓉如面喜爭開黃花秋老人應瘦紅葉霜多雁乍來惟有稼軒成獨往聳肩斗酒賦循陔

自沙汕頭泛海赴香港一首

西風吹老菊花秋又策靈鼇賦遠游萬里滄波浮一粟滿天星斗落遐陬鯨鯢未戮餘腥穢虎豹當關識壯猷莫問荒荒羣帶路祗今蜃氣總成樓羣帶路一名羣盜路在香港西隅蓋昔海盜羣集之地也

素馨斜禺樓第一集分題

環珮聲稀月影賒白楊蕭索黯啼鴉千秋豔迹餘芳草終古繁華屬漢家梵唄誰繙耶悉茗香魂同弔玉鈎斜劇憐夜夜妝臺畔薌澤猶疑末利花

新會橙

色亦堪餐味忒酸廻黃轉綠只團圞老而愈辣輸薑桂氣或能平佐肺肝儷與橘櫞爭入貢未妨蕉荔共堆盤徒憐下士都皮相比作王孫金彈丸

禺樓三集分得不字

壯歲志四方端居常鬱鬱義旅起南中風雲入芒芴投筆竟從戎長劍靑萍拂巨鱷縱已驅尺蠖依然屈遂來南海游擬拜南華佛南社正多材聲氣夙遠迄延津劍遽幷興會互颷欻書從君謨求寒瓊畫向

安仁乞鐸仲公瑾醪並醇洛奇子雲口非吃覲子落落青邱子詩才號奇崛天梅方回與徐孺申亭從先戎機參密勿競病獨能工盧仝眞俊物滇生聯翩集一堂道大莫能詘我如吳季子薛䓞遇僑肸又如山陰亭觴詠共清絨縞紵儘相投風流自髫齔所惜猿臂將李印泉根源射虎氣仡仡又慨鄧孝威尒疋翛然脫篸祓室邇人則遙唐棣思豈不聊復託短吟敢比長城屹

禹樓四集分得無字

綺懷難寫壯懷惋亂世功名媿狗屠白社未妨澆塊壘青娥誰與解羅襦百年漂泊憐蓬鬢幾輩疏狂過酒壚爲問紛紛餔糟者也曾領畧一杯無

不寐一首賦寄亨兒 己未

耿耿星河夜不眠蕭蕭白髮苦盈顚春來只作投荒客酒醒空懷欲

曙天寡過未能思讀易濟時無計强參禪報恩釋怨知難了回首鄉雲一黯然

三月二十九日有事於黃花岡禮成有作集玉谿生句六章

嫩籜香苞初出林積骸成莽陣雲深十年泉下無人問碧海青天夜夜心

可憐才調最縱橫欲舉黃旗事未成海闊天飜迷處所望中頻遣客心驚

捨生求道有前蹤鳥覆危巢豈待風自是當時天帝醉楚歌重疊怨蘭叢

風飄大樹撼熊羆羊祜韋丹盡有碑左右名山窮遠目淚痕猶墮六州兒

早晚星關雪涕收不知借得幾多愁傳之七十有二代埋骨成灰恨

未休

巫陽不下問銜寃爲拂蒼苔檢淚痕賒取松醪一斗酒紫蘭香徑與招魂

題畫蘭

蕭灑出塵姿風前不語時德鄰何處是馨逸有靈芝

天自鍾奇秀人應號國香幽居不炫燿差勝小南强

天貺節爲亡婦生日

撒手黃埃又一年魂兮縹緲落誰邊當時生日渾閒事此際尋思轉惘然獨客天涯誰與伴買山歸去竟無錢眠牛未卜頻惆悵半夜躊躇月正弦

孟秋朔日初度一首

塞上鴻飛氣欲秋天南長自賦離憂驚心白髮催人老回首春青逝

水悠小敘親朋聊自慰無多杯榼許相酬鱸魚味美鵰圖倦極目蒓鄉羨去舟是日供魚般佩六大令謂頗似故鄉之鱸會其夫人將歸故末句及之

中秋臥病百子罔得亞青死耗

自是非人所居地可堪憂患此餘生千山瘴重原多厲一劍身輕奈獨行肝膽而今誰與仗平生應待我傳名恩仇未了君先死忍向秋原看月明

壯志如雲不可收幾回李郭許同舟西湖春煖迎新漲甬上潮寒惜逝流如此風塵仍落魄一生骯髒付悲秋澄清合是兒曹事已分羊裘瀨水游

粵歸喜晤樸安

經年江海別鬢鬢各蒼然世道日淪喪文章多變遷故應商舊學相與惜華顛莫問南天事淒涼寶劍篇

天平看紅葉賦示樸安仲可子實屯艮哲夫景瞻隙安諸同游

曉雨初停日色涼西風蕭瑟動輕航青山調面能迎我紅葉經秋半有霜勝友幾番尋舊蹟風流還自立斜陽白雲似解歸人意晻靄林巒足景光

胥江即目

小橋流水送孤篷負手閒看理釣筒晴日散空天正午一灣殘柳獨搖風

仲可丈囑題純飛館填詞圖

浙西詞派極清微劫後風騷歎日非賴有復堂賢弟子巋然孤館峙純飛

湖海樓荒孰可窺靈芬空復說浮眉西泠只有徐淵子清響猶留絕妙詞

題屯艮所藏雷峰塔經文拓本

諸刻委榛莽久矣漪園僧意周始拾置廊下亦不甚愛惜嘗欲舉以贈予未敢私也頃乃嵌入壁中拓以傳世閲之慰極六和塔尚有高宗刻石頗完好亦可貴也

十年坐對黃妃塔覽盡莊嚴法相奇奚事慈雲未廻護輪他浙臉保清姿

題河東君像暨妝鏡拓本

省識歸家院裏人雨巾風帽著丰神可堪幾復當年客輪與紅顔寫影眞

欲上虞山訪劫灰絳雲無復舊樓臺何如過我紅梨渡尚有風流粉本來像爲計僧石所摹

題寒隱圖

頃在歙浦薛蒿高君吹萬辱以廉夫陸先生所繪寒隱圖見眎并囑題句昔南宋畫院待詔朱銳善撫雪景嘗繪雪山運粮圖坡上枯木數株枝幹垂下似皆爲雪所壓吳其貞書畫記稱其精細文秀足爲超妙入神之作又有雪莊行騎圖一人乘騎循山莊行蒼頭后隨一童前導若尋幽探勝者見書畫彙攷茲圖頗兩似之蓋先生畫本之最佳者因成一律以和雅懷質諸吹萬庶幾其相喻於微也歟

落木寒鴉雪片飍分明天意伴清臞（梅堯臣詩天敎飛雪伴清癯）人間只合梅花煮（君所居名閑閑山莊平顯松雨軒集題梁楷雪禽圖句高人正煮梅花雪減筆描來畫裏看）夜夢何嫌鶴影孤（吳仲孚寄高疏寮詩敲竹風清鶴夢孤）屋有丹光憑學佛（平顯詩屋有丹光凍不寒）藏來斗酒足圍鑪（高啓題夏珪風雪歸莊圖句山妻自炊稚子沽不羨炙肉圍紅爐）野心總被雲留住（見宋史隱逸傳陳摶謝表）我亦摹成別墅圖（倪雲林遯跡吾鄉繪蕖湖別墅圖以見意所居名倪家匯先節孝其遺裔也余家自祖父以來世居）

此匾者七十年矣因采雲林舊句名其居曰綠玉青瑶之館繪圖徵題畫一以彝高士之風一以誌先慈之節云爾

近游集

題鈕巽溪先生遺像應令嗣家魯囑 庚申

憶昔居城南時時見老宿曰鈕與施翁學行盡醇樸勉爲鄉里師造就俱不俗一去二十年歸來黯城郭施翁既凋喪鈕丈亦蕭落裴哀遇喆嗣殷勤話遺躅迺知垂暮年猶然事京雒惆悵染緇塵吁嗟萎梁木梁木亦何嗟師道日乖錯禮貌付東流詩書置高閣子弟儘庸材主人靳化速坐令學術壞醇風遞澆薄世變不可回師傳弗復作吾道竟如何昌黎應一哭

往者子超謀葬勒生西湖之上余爲覓得其地購之頃聞安櫬有日不禁悲喜交集矣

分來一片孤山土葬我千秋烈士魂知汝平生私願慰曠觀高冢四

圖存雄心祗化爲雄鬼義旅終須起義門準擬梅花好時節瓣香重與奠清尊

洪濤之滇賦此爲別

年少能爲萬里游長風巨浪一扁舟碧鷄金馬探奇勝楚嶠唐蒙鬱壯猷應有流人懷故國頗聞節物似蘇州吾鄉莫張徐諸氏因沈萬三壻顧學文牽入黨案俱流徙雲南故至今滇中風俗與蘇州無異五華宮闕今何許好向斜陽發浩謳

書嚴濬宣庸女圜事畧

天風吹徹佩珊珊感逝重逢葉小鸞玉樹有庭誰詠絮層峰無驛可埋棺撤環從古能全孝封篋於今耐再看一語寄君休太損東門吳自老懷寬

壽陸廉夫丈友恢七十

顧陸丹青孰與同丈有私印文曰顧陸丹青頻將家學闡宗風文麤沈細能兼擅

漢隸唐碑亦並工雜志故應珍研北舊聞還許續吳中纂修邑志闕金石書畫二門邀丈贊助何當攬取長康筆團扇親描老放翁

話雨樓頭數過從髫年曾得仰詞宗鬱林一去陸懷橘粉本徒欽顧見龍聞道耆齡躋七秩爭如冬嶺秀孤松先節孝酷嗜法書名畫去病童時嘗命就丈乞畫因得以試帖相質丈輒殷勤斧削之迨負笈東江復更世變頻年犇走地北天南轍迹靡定離家既遠乃益與丈相隔闊蓋不見杖履卅餘年矣冬嶺秀孤松即當時試題之一葉湖別墅今還在願寫遺徽倘我容倪雲林避跡松陵於同里最久往往形諸繪墨嘗繪葉湖別墅圖遜清收入內府有純廟題詩又有慧日懺堂諸詩雜見前人記載余家倪家滙當葉湖之瀕昔多倪姓聞諸先節孝云係出梁谿殆即嬾瓚支裔耶未可知也因即其同里雜詩名吾小築曰綠玉青瑤之館繪圖徵題藉伸慕尚並擬乞丈爲之撥墨云

酒醒有懷

中宵酒半醒風雨一燈明世亂徒憂患棲遲念友生匡牀支病骨慧子時在病中倦羽急歸程屯艮書來告別我獨尊高隱草堂欣且成方命工構綠玉青瑤之館

茅舍粗成適閲香山浩歌行欣然有會因取以名吾堂

摧枯拉朽事尋常易位移方盡向陽（舊居本西向今葺作南向）苟美苟完粗自在一花一木任裁量香山詩味醰醰詠杜老愁懷澹澹忘正好齊年四十七（香山作此詩時年四十七余年適與之同）蘭楣且署浩歌堂

屯艮席上送安如還里時屯艮將還湘中予亦歸隱故並及之

知交苦久别會晤歡難任張筵召故舊披襟抒素心暢飲不算爵高譚無古今婆娑日既晏流連漏且沈辨難兹誼競玄妙相追尋往復總無忤諧謔情彌深豈若勢利徒汎濫同野禽飢集飽乃颺喙距紛相侵緊維吾黨子同心且斷金促膝固不厭支頤復沈吟倦鳥戀故栖歸雲依舊岑柳惲去笠澤傅玄還湘陰我亦賡同調别墅懷雲林聚散本常事况乃稱知音移情詎海上所貴成連琴

蘭皋席上聞巴陵之捷即送屯艮歸里

鯨波高撼洞庭秋壯士歡騰下岳州一髮君山明似畫三千虎旅健於彪靈均此日愁應慰賈傅何人涕尙流只有汪倫情誼重楚天明月送歸舟

不見效魯靜安二子數年矣頃來握晤不勝感慨係之因貽以一律亦幸二子之還以教我也

天生吾輩豈尋常十載重逢各老蒼憶昔相期多遠大堪嗟塵世屢滄桑無言可說應逃佛有地能容且善藏獨我栖栖江上客因風還復一回翔

效魯屬題所居坐忘廬

陰陰門巷罨垂楊小有亭林足晚涼且學齋心顏氏子漫教結客少年場灌園種菜聊爲爾勒石銘勳儘自忘我亦希夷老孫子息機長頤事蒙莊

分湖游兩首題曉風殘月之舫兼贈亞子

楓葉蘆花幾度秋吳根越角復來游高冠長劍羅群彥桂櫂蘭槳叶平發浩謳蟹舍漁莊憑歗傲荒祠古渡足句留白雲蒼狗君休問送抱推襟且自由

白蘋紅蓼逼深秋挈榼提壺恣讌遊細雨斜風迎越舫銅琶鐵板助吳謳珠簾金粟人何在午夢疏香跡尚留玉珮瓊琚惟爾仗幕天席地任巢由

分湖雜詩

一樹梅花一草堂雪亭遺事我能詳楹書藟落風流盡忍向東谿弔夕陽過金澤陸氏故居

雨絲風片打頭來一櫂烟波亦快哉尋個隱君祠宇去桃園遺迹未全灰

故家喬木日蒼然，省識河東舊列賢。巢燕儘非遺澤在，烏衣子弟盡翩翩。（勝谿草堂爲逕村古查蒔庵諸老先輩故宅，弘大爲一邑最。今雖舉族他徙，而安如、搏霄、率初、公望諸子俱能繩其祖武云。）

當時不乏耆英集，（指樽寮、復翁諸賢。）最後爭迎碩德來。（謂熊含齋、凌退庵及杳廬先師。）有道太丘今已矣，銘碑誰是蔡邕才。（退庵、杳廬倘乏之碑傳。）

三先生傳信奇文，諸老瞿王並軼群。畢竟勝谿多勝事，一時儒俠播靈氛。（三先生傳，先師客勝谿時作。瞿工技擊，王爲胠篋之雄，諸先生則先師自謂也。）

東蘆郵喜得磬折廊刻石酬錢鈞璜

靈芬故館日荒涼，惆悵當年磬折廊。誰分韓陵一片石，相貽還得似琳琅。

從今始識鈞璜居，圖史駢羅樂有餘。歷刧不磨殊可信，鋪張應復屬吾徒。

投桃報李未爲珍，故物搜藏信有神。何似寶刀輕脫手，主人情意重

汪倫

侯保三鴻鑑以所箸塞外紀游見貽書此奉答

老驥能忘伏櫪悲君近號病驥老人飄搖千里絕塵鞿朝從碣石闚秦島夜撥琵琶弔漢妃我亦飽更關塞壯不勝輿羨草原肥歸來一臥滄江晚長使雲軿繞夢飛

苦雨

白日沈西去陰霾罨地來分明天帝醉貽我下民哀芳樹催紅葉空庭長綠苔應教迴盪極高震一聲雷

喜得梅郎西江紀游册子蓋爲吳來之昌時作也卽用鴛湖感舊韵題之於後

一片閒情任往回蒼茫如履鬱孤臺梅郎與楊公廷麟同年交契楊爲清江人死贛難者風光滿眼家何在稼軒詞京口登北固樓云何處望神州滿眼風光北固樓圖中有金山一幅故及之富貴當年事

可哀烟雨有樓今欲瞑畫圖無恙喜重開憑教寫幅鴛湖曲付與詩人慨息來

續題西江紀游畫幀八絕

細柳絲絲拂暮烟棲雅點點落遙天南湖風月今誰主讓與蘆花渡口船

江山北固信雄哉忍使詞人賦大哀瞥眼神州何處是可堪重上妙高臺

兩行鷗鷺一扁舟遠水遙山黛欲流應似琵琶亭上望青衫淪落怨清秋

世路眞如蜀道難羊腸千折一迴瀾風塵策蹇知何處空是章江十八灘

瑤琴一曲鶴歸來訪友何辭印綠苔流水高山今已矣松筠蕭落至

堪哀

濕雲如霧漲秋池隱約巴山夜雨時猛燭窗前知共剪西江緩緩定歸期

層峰聳翠逼雲端拄杖渾令宇量寬此是廬山真面目不應徒作畫圖看

白浪掀天信可危鄱陽返權未嫌遲如何歷歷篷牕景寫與鴛湖總不知

墜樓三章

平生觸處逢蹉跌豈獨婆娑醉舞閒賴有元龍豪氣在撑持詩骨尚堅頑

豈有雄文去劇秦漫勞投閣殉亡秦終須百尺樓頭臥完我金剛不壞身

天梯百丈登臨慣，金谷深藏古昔難。我本陳摶老孫子，墜樓比似墜驢看。

蜆江留別亞盧搏霄卒初大覺公直君崇諸子

陰森劍氣逼人寒，詄蕩靈襟露膽肝。甲帳迎風春瀲宕，錦屏遮夢淚闌干。當罏泥飲君休笑，小閣圍鐙意自寬。只有沈愁三萬斛，欲尋奇俠一傾難。

酬董望周正

故人相別婁經年，雲樹情懷各惘然。却笑眉公今老矣，枉教思白費吟牋。當時奚減次公狂，拔劍悲歌劇慨慷。四十無聞復何畏，董狐直筆漫評量。

覺生於廣州市上得古畫一幀爲題二絕

仙山樓閣斂雲端一片笙歌降采鸞應是汾陽逢織女玉階凉露不知寒

海闊天空湧暮濤仙槎髣髴遇盧敖人間那有東方朔閬苑休禁王母桃

喜梁任見過

不見朱梁任於今已五年豪情都在眼華髮遽盈顛世變日云亟窮愁故自賢風波休歎息相與惜吟篇

汝航省三同集草堂有作並示梁任

故人一笑肯同來作畫論詩並軼才把酒不禁忘歲晚推牎還覺似春回文章洛下原非賤時命嚴生未要哀儘爾澆書攤飯去蒼葭六琯已飛灰

卷九完

女兒縣祥校字

從征南雍合集

懺慧

浩歌堂詩鈔卷十

從征集

松陵 陳去病 佩忍

十年歲首對雪有作 辛酉

獻歲三朝漫放晴，橫空白戰闃無聲。飛將軍自天而下，伍大夫疑恨未平。萬徑千山齊滅沒，琱戈銀甲任縱橫。瑤臺那見西王母，粱苑徒存馬長卿。叵耐龍蛇今起陸，待披韜略夜談兵。瓊樓祇恐饒寒思，玉宇分明擬上清。簷際但聞乾鵲噪，階前無復一蟲鳴。河山再造當如是，松柏於今獨向榮。豈有旗亭供壁畫，聊燃活火把茶烹。江東道韞渾閒殺，醉臥匡牀了不驚。

畬羽生

萬籟沈沈雪後天，驪龍初伏九重淵。遙知嶺外梅花發，欲往從之又隔年。

紀夢

仲春天氣冷於秋，簷漏沈沈滴未休。贏得夜來心緒惡，夢魂飛去海西頭。
分明煨燼痕猶在，約略瘡痍恨未平。叵耐萬方多難日，一番湧現已吞聲。
蓬萊宮闕絕塵寰，玉女金童見一班。要是慈恩隱迴護，故教重認普陀山。

蘭臯圖爲率初題

少年重氣誼，結交貴朋儔。朋儔豈易得，刎頸常寇讎。君子潛於水，庶幾終不渝。希蹤者誰子，乃見分湖頭。分湖多舊族，往往稱俊流。淩柳有兩生，意氣恆相投。繪圖要終始，盟誓非悠悠。蘭爲王者香，臭味芬以幽。託生在空谷，清貴良難侔。以之厲薄俗，炫燿眞堪羞。憶昔齊晏

子交久敬益修亦有管與鮑分金且脫囚隆·逮漢季世李郭還同舟
神僊足豔慕車笠頻綢繆君等盍引鑒式好當無尤目成倘非偶莫
復哀高邱

重遊粵中放洋口號

一念扶搖百慨平荷華生日又長行已符候鳥三秋健（前時赴粵必在初秋）更
逐摶鵬六月征（此行獨早）江上有山雲氣聳海中無暑晚風淸懸知此去
蒼梧道澄碧西江月正明

將爲曼殊卜葬湖上呈元首六絕

皇覺眞人往事陳吳門道衍又非倫同盟會友知多少爭及吾師道
味醰
燕子磯頭日欲斜朝陽門外月生華振衣立馬知何事漫擬斯人是
作家

少賤多能信有之苦耽禪悅又耽詩試繙文學因緣集盡是中西絕妙詞

彈箏人住海東邊玉腕紅紗邏客筵畢竟阿難能解脫至今愁聽十三絃

荷風十里桂三秋艇子瓜皮憶舊游最是孤山梅更好不曾磨鏡易眠牛

奚番從亡似介推晉文應得有餘哀願將駿骨千金意換取綿山寸土來

哲夫四十溶尼以甘天寵畫蓮爲壽來乞題

白石山人老畫師青藤八大窺雄奇粗枝大葉何離披一花矗立風前姿是何歲月泊日時佛龕供養歸淨尼蔡家擅越生太癡花之生日能同之美人何來形營貽一幀竟壽寒瓊簃嗟君本是遺腹兒少

失怙特疇其依孤蓬孑立能自持儼然菡萏臨芳池我生較君七日遲白沙身世良堪悲祇今歲歲思母儀君幸圖之愼勿遺君生六月廿四俗名荷花生日予生七月朔皆遺腹也予爲先節孝繪懿範圖十頁君允作一幀故末句促之

重過荔支灣

底須擊劍更吹簫曲港通潮且避囂欸乃一聲風力勁輕舟已過柳波橋

紅荷如舊向陽開仙館依稀認刼灰摘盡荔支渾不管此身原爲看花來灣中荔香園即海山仙館舊址

立秋

一雨竟成秋朝來涼滿樓遥情託豪素詩思入邊愁鄂渚烽煙黯龍編伏莽留徒令扶義士長嘯拂吳鈎

將還吳門詣觀音山與元首話別

千尋復道起呼鸞，劍履從容詔令寬。玉宇瓊樓渾忘却，漫云高處不勝寒。

前席親承策治安，江南回首有餘酸。孫吳義旅今蕭瑟，忍逐諸軍壁上觀。（時元首將下親征之令）

鮀江晤蔡潤卿李展雲各貽一絕

滄海揚塵幾度來，與君話舊重徘徊。十年未遂澄清志，長使詞人賦大哀。（蔡潤卿）

別後頻聞盼我來，壯懷時復爲君開。何當共涉滄溟去，力掣鯨鯢首重回。（李展雲與君有臺灣之約）

辛君卓人招飲并以越南犀杖見貽奉酬兩絕

憶昔周旋沙汕頭，黃花同賞海天秋。詞人老去英雄逝，欲話蘋踪祇我留。（同遊諸君或存或歿，俱已星散，惟予獲重來）

繇來青兕屬君家角杖磨成許觸邪勝似東坡筇竹好儘陪笠屐到天涯

卓人爲予言別墅命名之意即題一絶

平疇千畝自成村祖武其繩老稼軒漫信潛虬能破壁須知深柳已藏門

重過見田別墅贈卓人

又從浮隴醉霞觴芳味於今得未嘗一夜夜來香到曉曉來還嚼夜來香

芳塘一畝濬來寬養鴨潛龍水不寒若更徧圍桃柳樹此間堪當聖湖看

瓜涇夜泊

風雨狂如許蛟龍怒未降孤舟茲野泊心事亂于瀧烽火連三楚波

濤接大江豈勝飢溺感長夜倚蓬牕

到家卽目

巨浸連天闊洪波直到門隄防都已沒松菊喜還存風雨開三徑江湖對一樽却憐湘水上猶有未招魂

惘㴽

太湖三萬六千頃七二高峯青亂堆帀地陂塘隨客占接天蘆葦任人栽千軍撩淺今何在八月乘潮我獨回惆悵愛遺亭畔路靈胥長自挾風雷

酒間與家人話亡婦軼事

吾年未三四便離阿保手高跨奴子肩去覓先人友友中誰最親粵維吾外舅旣憐吾孤㷀又許吾匹偶拉吾過其家引吾見新婦婦時方害聤詔顏成老醜歸來爲母言請却弗之受母聞一解頤溫然未

可否寗知舅病危斯言重脫口良朋非泛交遺言忍相負零丁七歲雛一朝屬吾母吾母本慈仁撫之意良厚厚薄豈盡喻童養易紛糾重以時運乖鴟梟蹲戶牖巢破莫能完十年兩出走南郭痛罹殃東江更遭咎毗焉返鄉闢空房耐獨守兒女日長成芻糧足持久老屋稍更新完美略云苟天假之年寧非同白首如何疢病侵鸞鏡遽焉剖迄今已四周遺余成老叟思之重悲辛酹以一尊酒石爛海亦枯人生誰不朽

題西園雅集第二圖

菊影松聲奈爾何西風歲歲此經過蕭騷黃葉三秋盡窈窕紅顏一笑酡鱸膾漫撩張翰思鯨波猶動杜陵歌江湖滿地興高會日暮無忘烈士戈

留別斜塘諸社好叠前韻

江湖流宕竟如何草草斜塘一再過排日宴窮魚尾赤（錢維善松陵詩笠澤水寒魚尾赤洞庭霜落樹頭紅名句也）挑燈人喜玉顏酡恩仇未了慚招隱貧賤粗安足寤歌（去年草舍落成用香山故事名其堂曰浩歌）那得重尋投轄飲（擬約諸君于明春見過寒舍）看君奮筆似揮戈（歐公讀徂徠集詩奮筆如揮戈）

墮地和亞子韻

跼天蹐地總無聊況爾悲歡萃此宵老矣頭顱原可惜乘來驄馬復誰驕相依只合憐卭距觸緒何堪夢斗刀我亦平生怨蹉跌小山叢桂枉相招

夜讌

十年綺夢互相通何似連宵燭影紅中酒歌殘金縷曲西風歸去大江東薰香再拜陳三願卜築西湖老一弓償我白頭偕隱事賃舂還可傲梁鴻

辛酉殘臘挈亨兒冒雪過嚴扇雜感

陳湖南接沐英莊，雲水微茫隱堉鄉。難問淮南舊雞犬，又看塵刦小滄桑。（自天嫂殁，内子等輩之親盡矣）搖城地陷麇王死，無夢園荒野史亡。（聞沐莊華氏尚有舊藏，未能得）惟有漫天冰雪皎，大姚闘似米元章。（嚴扇北即大姚村、搖城諸地）

内子安霞將祔 先人之兆詩以叙哀 壬戌

君初來我家，其年才踰六。衣食教誨之，慈恩重山嶽。余時始就傅，君亦相隨讀。如是三五年，乃從繡娘學。質性固温良，智慧苦不足。吾母素慈祥，漫不加程督。如何忽乖舛，去去弗之告。幸而終合并，百年締眷屬。我命屢蹇屯，少小迫寒族。毁家猶未已，甚且棄老屋。咫尺松陵城，皇皇鶯出谷。一朝瓜兆徵，呱呱墮茵蓐。有女聊勝無，擊掌看珠玉。何圖降鞠凶，吾母遽不禄。銜哀返鄉閭，長揖謝鄰塾。航海走榑桑，壯懷劇騰踔。所志迄未成，此身遂遷逐。經年偶一歸，情好未遑篤。維時

沈孝慈居向東江卜君獨事之虔奚啻曲意曲玉燕復投懷嬌雛乃
再育方欣和氣臻詎遭鄰火毒老母遽終堂破巢盡翻覆乃從海上
居一廛頗局促半載返里門敝廬力回復悠悠兩歲間房櫳耐幽獨
東海浪掀波我疾趨戎幄君病我弗知我行君曷覺事敗急還航幾
幾罹推鞫彿鬱復何言到家且就宿君已弗可爲追明徒一哭大女
方及笄小女僅丱角中道遽分離眞同輿脫輹靜念君生平稟性頗
端愨裙布與釵荆一弗施羅縠井臼更親操每飯僅脫粟而我事交
游過從喜頻數高談泯古今促坐昧涼燠千觴不算多緡錢奚足錄
君素謹畏余賓至動嚬蹙倉猝市魚蔬咄嗟辦粱肉猶恐余弗驩未
晚急燃燭余亦深諒君事後輒慙恧方謂糟糠妻於理當柔淑臯廡
案齊眉鮑家車挽鹿古來賢婦人鮮不異凡俗誰知轉瞬間君遽捐
芳躅我年迫五旬而尚艱嗣續豈不急鸞膠高邱究誰矚何如營窆

奄爲君事畚築下伴慈姑居上聽松風謏

從香山公於韶關行幕

杖策從征亦快哉登臨時傍九成臺遙看北伐軍容壯近列南薰殿陛來諸將讙呼爭獻捷元戎饑渴正求才孔璋詎復工書檄倚馬聊憑賦落梅時值五月

同梓琴諸子集得月樓即事樓在韶州城東門外湞江之上

貔虎軍容怒未平湞江梅雨浩縱橫漫山翠色連芳渚照眼紅妝佐酒兵江上妓船甚多大似潯陽風韻昨周仲良曾招飲其中因夜深別去殊悵悵也草閣涼生邀過客蘭橈燈靜有歌聲何嘗叱馭樓頭坐連日捷報我軍已得大庾嶺叱馭樓即在嶺上鐃鼓從容賦北征時予將赴前敵講演

曲江浮橋觀月

勝概休誇白鷺洲三山高挾兩江流瀧聲洗石沙痕淨月影篩風水

殿秋應有蛟龍來效順可無貔虎賦同仇遙聞諸將親前敵已向虔州下吉州

偕玄玄民畏伉儷暨鄭多心衡之劉漢川雲昭重集得月樓

彩虹飛處夕陽妍墟里遙看隔野煙水閣涼生人影瘦關山月上酒杯圓春深屢揖探梅使風競何愁下瀨船舉座忽然成一笑江南人物嶺南天

圍城自遣

霓旌一片擁蚩尤知有妖氛罨海陬搔首問天天已醉抽刀斷水水仍流前驅多半逾梅嶺坐鎮何人據廣州辛苦賊中須自拔莫教杜老賦離愁

下半年生我最先予童時語也頃自粤歸偶與散木及之遂鐫一章適值初度輒成五絕索同好和焉

下半年生我最先兒時戲語竟能傳竭來百歲行將半頑石欣教字字鐫

下半年生我最先居然生日又當前知非學易曾無據慚負韶華七七年

下半年生我最先驚心華髮已盈顛親恩未報師門逝欲仿遺型淚滿牋

下半年生我最先幸存今已脫烽烟驂鸞未遂吳船轉枉敎虞衡桂海邊

下半年生我最先南巖北駕總茫然慙他綠玉青瑤館未見勞人一息肩

南雍集

重至白門與瞿安把酒倡和

萬木經霜四野秋，江山今古動人愁。白雲鬖鬡凌蒼翮，金粉叢殘掩古丘。佩忍

舊雨言懷時中聖，新晴曠望一登樓。憑高又觸南天夢，十載多君借箸籌。君頻年縱跡多在粵中 瞿安

重與瞿安小飲倡和

慚愧重尋白下秋，故人多半賦仙游。謂克强英士木良諸子 南强北勝憐中頓，虎踞龍蟠失上流。自陳氏倒戈而北伐之師乃絕望矣 佩忍

老去相如仍作客，天生李廣不封侯。臺城東望頻搔首，殘照荒荒冷荻洲。瞿安

偕瞿安夜過下關歸吳車中倡和

黑月排雲漏夜光，鷄鳴隄外莽蒼蒼。鼓樓燈火同樊市，大道楊枝接教坊。瞿安

小飲旗亭誰畫壁，欲尋舊院已銷香。何如逕向梧宮去，菰米蒓羹得飽嘗。佩忍

倚軨誰笑鈎天醉，何地狂奴着此才。煙柳斜陽辛棄疾，橫塘梅雨賀

方回瞿安應知別有詞人慼叵耐難澆塊壘杯差喜朝來逢舊侶酒龍詩虎任交推佩忍

秦淮畫舫有名多麗者頗精雅可喜因與瞿安小飲聯句

十年不理秦淮棹打槳還疑夢裏游絕少豔情試歌酒强將歡笑慰羈囚瞿東京舊錄思才老南國新聲少莫愁安得漁洋詩伯在柳絲重賦白門秋佩

尋徐中山東花園及舊院遺址還集多麗舫鷓鴣瞿安俱斐然有作余亦繼聲

蒹葭處處狎鷗風物蒼涼逼晚秋誰問中山舊花圃一畦寒菜動人愁

紅板長橋咽暮泉休尋洛浦舊神仙憑君自上蘭橈望一任新聲檻外傳

附作

蘆荻蒼蒼接冷漚斜陽古柳釀高秋漫從舊院思陳跡賸有滄桑一片愁

銀尊華燭酒如泉容與中流望若仙莫脫綸巾長嘯去錯教人作畫圖傳 鵷

收拾浮生付一漚帝京雲物已殘秋長橋花事都消滅那有閒情訪莫愁

曾試中泠第一泉松寥雲壑稱神仙輸君十日閒窗坐自賦新詩白下傳 翀

又夜飲聯句

多麗舫中延夕景 翀 小紅歌處憶前塵脂香酒暈初燈見 鵷 漢佩湘靈別淚陳略有新詩寄瑤想 佩 從知弔古亦天眞胡牀鎮日頻揮麈

瞿 勝事終歸寂寞濱 鶴

過舊貢院觀明遠樓號舍至公衡鑑諸堂遺跡聯句

江華黯淡月華明，毷氉風前自不平。等是劉蕡嗟下第，居然馮婦未忘情。佩 長街日觀人非舊，短屋風簷跡已更。留得高樓明遠在，紞如衙鼓久無聲。瞿

紅燈魚貫列諸生，頭白孫山愧盛名。兩度槐花如隔世，三秋桂子憶前程。瞿 由來庾豆探無準，未必金泥書有聲。圍棘摧殘樺燭燼，樓臺處處起飛甍。佩

鄉庠聚序闢新黌，誰復笙歌賦鹿鳴。一樣滄桑看小刼，當時甘苦誤浮名。佩 掄才那比周多士，避弋還餘魯兩生。說與君家付嘔噱，幾曾識字有公卿。瞿

移家白下一首

流水棲鴉白下城荒荒殘照黯前程飄零劍佩餘肝膽樂育菁莪愧友生詩酒徜徉陶靖節江關蕭瑟庾蘭成端居不盡平生意長夜沈吟直到明

感逝

四海兵戈宿願枯當時遺恨失吞吳如何八月黃茅瘴又遣孤魂白日殂（關玉麒鄭亞青陳洪濤）

黨錮東京盛一時相看出入總肩隨如今風誼銷磨盡賸有琳瑯付與誰（王偉人龔未生二君先後任浙江圖書館長）

莫愁湖有懷徐中山王 癸亥

無復當年玳瑁梁冕旒端拱識名王一抔大定中原局片席聊分兒女香小閣江天廳共坐人豪今古孰流芳百年命世終能繼討虜勳威振八荒（南京臨時政府成立後有欲爲香山公建坊于此者嗣以事變不果）

五十初度

百歲光陰抵半馳知非學易信堪師白頭如雪寧嫌老綠蟻盈尊詎敢辭中酒但稱文字樂披襟猶說少年時宅心事外吾奚屑王樂風流任與誰

卜居洪武街夢中得此

蒼莽鍾山下邈然誰與期江湖日遷變朋儕多乖離平生千萬心寂寞無一施徒令負笻杖惆悵白日馳

少小負奇節亦復志勳業蓄願既弗償修塗日以陋安得掣石鯨秋風動鱗甲庶慰平生心一挽昆明刼

輓徐母馬太恭人

人壽非金石鑠如薤上露悠悠百歲間彭殤同旦莫猗嗟徐恭人端凝著風度慰情能勝無孫曾况堪數絳帳有遺規一經守儒素雙鸞

何翩翩文采振天路同羣遇鳳皇高岡互親附方期奮雲程詎遭弋
人慕鳳兮既摧戕鸞也未忘故拮据復綢繆漂搖捍風雨抔土迨未
乾貞珉自哀訴寧知虜令嚴刊章急名捕舉室盡憂危母也獨無懼
片石保韓陵儼然勿毀仆卒之天運旋神州奠洪祚母也重欣然來
上秋孃墓迄今七四齡神明喜强固猶思海上遊一領滄洲趣老懷
正未償鬼伯遽憎妒一朝天命傾江天諷哀訃福壽允全歸誰能益
清譽所嗟蒸蔭隤蓀荃失培護中夜起悲鳴孤鸞悵無據

夢羽生長鄉縣醒而異之書以代簡寄天台山中

竊鉤者誅竊國侯今豈其時良獨愁宵來忽作天姥游夢魂直上群
峰頭石梁華頂頗兀突赤城霞起風颼颼其中有人大自在淸臞兀
傲山之幽何緣捧檄長鄉縣居然富貴如可求發姦擿伏逞英武牛
刀小試何其優飛牋邀我爲上客令我遐思言子游武城弦歌聲悠

悠得一賢人徑不由兩蛟夾舟何所憂揮劍截之適安流君今視我殆其儔我宜佐君策弘猷狐狸眇小不足責豺狼當道寧無尤撫循休息足自固加以訓練彌綢繆一朝風雲大際會鼓行而出歌同仇誓清妖孽息紛糾一團和氣延鴻庥斯則我願具償君亦足可以長揖歸山邱躬桑力穡老孫子天台笠澤同千秋

運甓圖爲陶亦園題

戮力中原志未酬忠勤遙挹武鄉侯分陰惜去寧耽逸百甓擕來足運籌述祖有圖能作訓陳師討賊向誰謀八州都督今安在忍看雄城陷石頭

雲南起義日歲寒社第一集示溥泉精衞右任安如懺慧志伊陶遺樸安楚傖十眉心蕪孟芙漳平景秋劍曜諸子

共和一十有二載回首前塵總惘然桃李有花多實落蘼蕪無際孰

洄沿居閒只自尊高隱歲晚何妨結舊緣比似蒼松兼翠柏任看拔地與參天

十二年除夕精衛招集香山公私邸賦呈歲寒諸友

華鐙璀璨玉繩低入座渾忘夜色淒帝魏書憑承祚筆避秦人似武陵谿八千子弟今還健萬里烽烟望不迷我慕能詩瑪麗愛革除歌就法蘭西

精衛連夕招飲會其南去余亦西邁因以爲别

深情眞覺味醰醰勝友多於盍友三謂仲愷香凝安如佩宜楚傖孟芙伉儷暨懺慧樸安諸君子討虜旌旂方破虜嶺南人物萃江南解衣磅礴情何壯痛飲淋漓興亦酣安如樸安鳳蔚楚傖連日會飲俱極豪壯差喜朝來新甲子桃花春水滿澄潭張說三月三日定昆池奉和蕭令詩春水桃花滿禊潭又李白詩桃花潭水深千尺不及汪倫送我情

卷十完

女兒縣祥校字

巢南五十壽言

屯艮題

巢南先生五十壽言

啓

爲陳佩忍先生五秩徵文啓

分湖 柳棄疾安如 佘其鏘十眉 選錄

先生松陵英雋崛起孤根弘覽博物箸作等身方其邑人吳潘以下蓋莫得而倫比已少負弘略懔春秋內外之旨初渡嵎夷與諸少年喋血同盟誓恢黃胤既歸國往來吳楚宣歙間復東遊會稽值軒亭難作爲文以弔秋瑾並結秋之社於西泠焉尋浮海之潮惠於大風雨中登崖山題詩大忠之祠遂抵思明州循覽延平王戰壘以歸歸而病殤幾不起養痾吳門復客六橋三竺間扁舟容與簫劍並載見者驚爲玉田生復出也民國肇建始遊湖湘旋北行出居庸關慨然有經略滿蒙之志癸丑討袁從故人於留都頗有所規畫顧功卒無

成自是窺姑胥謀甬東凡東南有大征討大建設君無弗預焉又累從今大總統孫公於粤東視師滇江撫循前敵馳驅戎馬間幾不知勞瘁洵可謂據鞍矍鑠壯志未衰矣癸亥孟秋朔日爲君五十攬揆之辰値講學南雍邐時養晦蓋有得於黃老之旨者君短小精悍如郭解縱横捭闔如蘇秦滑稽突梯如方朔而高文典册飛書馳檄則又兼相如枚叔之長他時際會風雲豐功偉烈殆有未可以度量計者語曰搏扶搖者以六月息又曰百年上壽如日之方中豈不信哉豈不信哉文蔚等忝盟社之雅將以佳日爲君奏一觴同好者可共歌詠焉友人柏文蔚于右任鈕永建秦毓鎏呂志伊馬君武田桐田桓傅熊湘杭愼修胡蘊玉余其鏘張翅顧實朱錫粱姚光吳梅張一鳴蔡寅錢崇固葉楚傖費玄韞唐昌治柳棄疾同啓

傳

垂虹亭長傳

垂虹亭長者吳松陵笠澤間人也年少好事任俠慷慨有策馬中原上嵩高登泰岱觀日出入浮於黃河探源積石之志或踰塞出盧龍度大漠尋匈奴龍庭躡屩狼居胥山驤首以問北溟而後快顧志弗獲遂棲棲吳越間年未四十髮星星白且病瘍廢一足焉乃歸隱吳門居古金昌亭下要離梁鴻墓傍以爲與節俠隣死無憾矣生平交滿天下俱無少當意而獨與故人子柳棄疾善每郵籤往還以論所學間一晤對輒昕宵不寐或歌或泣人莫測其所耿耿也嘗謂吾生已矣曾烏足惜斯文未喪俾吾得十數智慧兒女環侍絳帳左尊罍右筆札俟吾偃蹇其間吟哦酬適而後更起迭進互請所學吾乃欠伸顧盼詔席使前徐徐與之上九天下九淵橫目哆口盱盱睢睢務竭幽隱以適其意而去而吾且墨瀋淋漓酒痕狼籍陶陶然玉山頹

矣此余心所甚慰也然而烏可得哉又謂家貧親老有馮劉之憾不克臨眺湖山嘲弄風月淺斟低唱如石帚道人故事以爲平生大戚而酒殘鐙灺悲憤中來聽壁上弓砰然與刀鞘擊響輒瞿然徘徊起舞淚簌簌下承睫掩襟袖若雨霰焉嗚呼可以觀其人矣

異史氏曰予聞之亭長好讀書度通其指而已不屑屑窺深奧焉然是非得失類能道之尤嗜文章於詩歌敘記迄碑銘論著咸有述作而未暇工也故其名不顯藝苑間而江湖詄蕩侘傺無聊之倫顧獨時時想慕稱道其爲人噫嘻亭長殆古邱民之窮而在下者歟抑古所謂傷心人亭長庶幾其一遇之歟然而長亭無述焉悲夫

此余己酉秋病起後所作也時雖栖隱吳門意向冢落而老母荆妻固無恙也今十五年矣蘐草辭榮鰥魚寂處昔之星星今也霜雪言念身世益復悽悲而況寡過未能沈愁獨抱莽莽前途不知

吾身之奚託乃諸故人以余年五十頗致一觴以相慰勞不滋媿乎因出是文示之亦見余之終不改此度也癸亥夏日去病記

敘

陳佩忍先生五十壽言

民國肇建之十二年夏曆癸亥七月之朔爲陳子佩忍攬揆之辰同人等方有以稱觴進者而或以同志或以親故連袂接踵咸爲陳子祝嘏且繫以詞曰陳子非文人也志士也世之稱陳子者以爲博聞疆識文藻秀發紀鄉邦之文獻錄縞紵之雅故凡所譔者可懸國門則文字之樂也北出居庸窮覽沙磧黃山白嶽若履門桯行吟大忠之祠揚帆滄海之日則山水之樂也風雨鷄鳴言思君子壇坫東南偏交厨顧傾蓋而識子華折巾而動都市則朋友之樂也而孰知此非陳子之志也陳子少時稟節孝倪太君之教深明春秋內外之旨

長遊四方東入蓬島登車四顧慨然有澄清天下之志背蹠江海其不羅黨禍者僅矣清社既屋民意方張而羣陰沍蔽南北道茀奔走嶺南躬歷艱瘁退而講學留都與諸少年前喁後于以文章相勗酒酣以往累述平生戎馬間種種可喜可愕之事輒軒軒起舞蓋壯志猶未衰焉烏得以文人目之也抑有進者陳子松陵人也松陵固南中煙水之區陳子家同里距縣治十里其間春雨桑柘秋水魚蝦儼然得村居之趣近方葺治老屋顏其堂曰浩歌將以追其鄉之先哲沈寧庵顧道行之餘韻其志尙之高有足稱者他日乘時攬轡得大有以伸其志於海內而歸休乎斯堂同人且將載烏蓬艇子詣同川與陳子流連且夕訪清秋軒水花園之遺跡白頭握手重話昇平酌會稽之酒枝玉山之歌浩浩落落比今日之樂更爲何如同人不敏願請以斯言爲息壤中華民國十二年癸亥七月朔愚弟劉伯明粱

公約柳詒徵楊銓梅光迪李文䌽張諤孫秉鈞唐昌治顧實同拜賀

弟吳梅敬撰姚錫鈞敬書

陳巢南先生五十壽序

語有之非常之業必待非常之人夫所謂非常者超然異於流俗云爾若夫出處隱見之閒則隨時勢爲變遷而無所增損彼呂尙之與周與伏生之歸漢其揆一也寧有所輕重哉吾請持是以壽巢南先生先生少負大志嬉戲習爲戰陣營壘之事稍長喜讀陰符六韜每抵掌談兵驚其座人値遜淸末造韡刀帕首流浪江海冀有所遇以自奮邑前輩周瑞安吳長興之遺烈未嘗不髣髴魂夢間也虜社既覆旋有討袁之師佐克强黃公於南都論者謂如葉山陰之輔胡總制楊雪湖之從瞿閣部矣程應內畔功卒無成洪憲盜作邑人殷恭壬倡義松陵先生謀以平江反正其後黎元洪解散國會護法軍起

西南先生復有甬東之役事雖顛蹶而志實恢弘夫豈戔戔估畢腐儒所得而倫比哉又且崎嶇嶺表轉側韶石從今大總統孫公遊一爲參議院祕書長再任大本營宣傳幾得志行道矣始沮於岑猛終扼於陳豨迺投戈講學睪然如鯤鵬之六月息焉夫以先生之才如此其遭際如彼世當有扼腕瞋目太息其不遇者棄疾獨以爲無傷蓋名山萬世之業自在也吾邑吳江古稱澤國自漢莊夫子以文學開山六朝唐宋代有傳人尤莫盛於明淸兩代彬彬郁郁作者如林顧藝文所志累經兵燹百不存一存者又蟫灰蠹矢藁落殆盡先生以爲徵文攷獻維志乘與總集是資庸是發憤興起旣爲笠澤詞徵三十卷復輯松陵文集百卷付之梓人而吳江縣志之作思集莫徐董屈葉錢沈淩之大成勒爲一書以昭民國方志之模範尤先生所劌心經營而未就者則繼往開來杞宋有徵所賚於先生者甚重天

其或者息先生於干戈戎馬之交而策其丹鉛翰墨之勳乎未可知也棄疾附鄉邦後進之誼以狂臚文獻爲職志甚願先生稍戢其風雲龍虎之雄心以專精於著述私計文集縣志之成各以五稔爲期然後再出而圖天下事比諸渭濱鷹揚猶未爲晚而秦灰魯壁之傳固亦大有人在先生其以爲是邪非邪值先生五十攬揆之辰因書此侑一觴焉中華民國十二年初秋邑後學柳棄疾謹撰桐鄉張一鳴書

陳佩忍先生五十壽序

士豪毅峻肝胆又才大而行孤其昂岸自異不屑屑流俗人合則中持之弘之爲的而有具也決焉矣少壯事遠游喜欵交天下魁傑遜朔末群志圖革新海內能文之彥皆崢然起以氣節相鳴應若稍不可私干力脅之者儒氣一昌矣國器甫移大盜紛繼武橫攫巧竊又

十餘稔所見聞乃日迭更振乎嶽立不自利希有以利時境勿論通塞必欲堅貫其始志者萬億而一二焉私獨心儀吳江柳君亞子其人柳君奇博軒特主西南壇坫二十年於世鮮所可顧甚欽崇其鄉達佩忍陳先生與奎莽劣辱柳君下知因緣得進讀先生諸著述以推識先生生平嚴尊攘而起黃胤復崎嶇戎馬間敷揚大猷勸勤義旅則壯也新國締建秘功不言祿賤榮貴如土苴塊嶽杯湖游心雲月則高也文獻國之珍網求鴻秘以廣爲經時傳遠之盛業陶模後英嶷然河汾則博且達也比吾所指才大而豪峻又孤介異俗尚決爲其中之持養有具者於先生畢驗之矣嗚呼方今豺虎徧寰宇勢者挾爵秩委地如殘骨以誘犬者誘士而彼詡爲士者又于于陽陽爭盆食甕粟下自幾鷄鼠爲國體人格之波下極矣無先生其孰知威鳳祥麟之果爲世稀貴耶宜柳君欽崇之吾謂凡爲柳君友者無

不欽崇之也今癸亥秋七月朔日先生登年五十爲先生不非棄者咸謀有以壽先生與奎窟湘徼地相去且四千餘里莫獲殿諸名流後雍容前一觴斝常聞松陵秀山水他日者屏人事作淸游放舟五溪而下訪柳君金鏡湖頭當攜手階進漑先生爲竟日長飲先生勿遽嗤洞庭西荒乃亦有此侘傺無聊之倫也風日秋佳倘登嘯金昌亭與柳君斗酒淋漓痛談天下時或轉念國耀之弗光羣邪醜正也必陰消陽長之一再出以匡厥盛則區區今日以詞壽先生者先生行以其實澤壽今天下人鄙言謂非爲尤有具也耶湘西田與奎星六拜序

陳巢南先生五十壽序

吾鄉陳巢南先生今年五十矣顧當其酒酣耳熱慷慨論天下事風湧泉發雖精悍少年千人俱廢至於網羅文獻穿貫掌故窮流竟委

原始要終則雖起百年耆舊于地下猶將拱手而辟易嗚呼士以有涯逐無涯既苦于學之不可窮又憂夫年之不易假然則世之君子能卓然自立積累以成其所業以稱於今而傳於後者夫豈偶然哉先生少年東渡於海歸而奔走於皖浙之間天下多事則崎嶇嶺表蓋自中年望門投止又幾廢於病晚而草盾飛檄無一日不盡瘁天下之事十餘年來異時亡命偉人多因機赴會意氣發抒獨先生卷懷而退以教授自給蓋先生之自效於當世者甚勞而所以自奉其一身者甚𣪊特其神明淡定志操堅卓戰勝一切憂患挫折之境故其發於議論見於丰采發揚蹈厲無憔悴摧傷之意可不謂非豪傑之士乎哉今夫天之所矜者名也人之所貴者壽也以千載之名視一時之壽雖百年猶旦暮耳然天欲成其千載之名者則不得不並與以一時之壽壽愈高者學愈成學愈成者名愈弘然而天又必擇

斯人而與以壽與名者何歟蓋自古倜儻非常之士名堙沒而不彰者何限惟夫弘覽博達之君子網羅散佚張皇幽渺晦者使之明絕者使之續俾往哲之精神行誼赫然流行于天壤之間此于古人何止起死人而肉白骨是古人之壽之名得斯人而延續於無窮準諸社會報施之理則雖欲不與以矜貴之壽與靳惜之名而固有所不能矣且非獨此也世之將亂則積學文行之士退而怪誕浮薄之徒進當其風會所趨雖賢者亦不能與氣運爭及其流弊所極人心厭倦然後旁徨八極瞻眺神臯思夫向時節行文學之士出而挽天下之頹波而其人率老死殆盡盈天下不過數人數十人如西漢伏生明末諸遺老之儔當其神州俶擾之時斯人之生死有無何關於天下輕重之數及其氣運既轉則一代之學術典章得斯人而維繫於不墜然後知向之生死有無果非渺然無關也先生博聞强志胸中

精熟之書殆不下於孔壁所藏其明末諸先正之學術尤爲生平服膺所在十年二十年之後斯世既厭棄於怪誕浮薄之說思欲得先民博大昌明之學以發揮其國華則一時老師宿儒爲東南文獻之宗者微先生其誰與歸由此觀之先生之壽未有量也共和十二年秋同邑錢祖憲拜譔

壽陳佩忍姊丈五十文

數十年來凡壻于我家者類皆時下知名之士而佩忍姊丈文名尤著蓋君幼承母敎且列長洲諸杏廬先生之門肄求古文詞者甚力故其生平所撰述輒能于奔放中具法度詞華外見氣節壯歲以往更以其學與當代賢豪相交接嘗東渡扶桑北走沙漠西涉湘水南踰粤嶠足跡愈廣而著作亦愈富殆幾幾乎行道得志矣顧忽翻然變計退而掌教南雍與羣少年相揚㩁自兹整理國故陶鑄人材將

舍君其誰歸値君五十攬揆之辰庸敢以斯言爲君進一觴可乎內
弟唐昌言拜撰

頌

陳佩忍先生五秩頌幷叙

太湖三萬六千頃日浴而入月沐而出七十二峯磊磊落落班序而仗立其上則雲蒸霞蔚氣象煊赫其下則神龍之宮寶珠之府爛熳幽奇莫得而髣髴其水浩浩湯湯挾吳楚之百川望松江而翕集而垂虹橋亭實跨其上若高人逸士橫舟戴笠與湖山相拱揖焉然則垂虹者非吳會之名區煙波之窟宅歟而吾友陳先生佩忍蓋居之先生功業在國家文章冠當世而淡然泊然志未嘗一日忘故鄉蒓膾也明月清秋湖光澄碧楓葉初丹荻花微白時或有短櫂橫波浩歌而出舉杯自酧繼以喟息者其鄉人類能指點相告語曰此垂虹

亭長也然而又烏知亭長之即先生哉先生於學無所不通舉世能誦其文章欽企其爲人而先生固不欲以文章老者也少壯棄儒冠東渡海至扶桑北出居庸南踰嶺嶠既復廻翔吴楚之間密識其山川形勢財賦出納與少年豪俊之可共戰伐者蓋二十年于兹矣意將出其所懷龍戰十年懸后辛于太白繫孺子於咸陽然後退而復禮樂之盛拾詩酒之娱者殆其時歟然而今年且五十髮斑白曾未酬平生之萬一宜先生之把酒嘆息悳不能釋矣雖然毋憂焉太阿之鈎躍於歐治小戎之章殿於衆樂千日摩雲之材必基於盤根而錯節則先生雖五十乎曾何異裼裘少年雄冠長劍而來即也方今正氣潛滋剝極將復而先生以學易之年秉知非之訓固當遐舉邁往以快生平曾何鬱伊慷慨而不自得也爰作頌曰

巖巖耆碩邦家之師含章曜質炳夏虓夷惟國有紀惟民有義志在

春秋孰與秦帝爰振異軍於海之濱撞鐘伐鼓壁壘一新山澤不烈狐兎不絕錚錚不折皜皜不湼乃歸室廬迺稽今古攸如尼山以反乎魯萬類昭蘇懷此蒼生天之所眷必底於成秉茲懿德可大可久賚錫自天俾爾多壽既酌我觴既登君堂永康常樂以逮無疆中華民國十有二年孟秋朔日社盟弟于右任馬君武呂志伊杭愼修田桐田桓傅熊湘胡蘊玉邵闓泰朱錫粱余其鏘姚光張一鳴葉楚傖張嶧民頓首拜撰

詩一 五古

壽佩忍先生五十用吳梅村壽王鑑明五十韵

鳳凰吳　昭桐坡

身行一萬里書盡九千軸肝肺有芒角英挺峭巖谷大風歌亭長隹傳快一讀盟血恢黃胤胆毅一身足出入兵刃間騎伍重儒宿草檄

急風雨文藻動變俗艱難締新國萬恨搖雙目羣奸裂百政十羊九其牧大厦勢將傾持者必棟木策馬驅中原衣帽塵僕僕英雄爭名器成敗豈所卜百煉爲良金百琢爲美玉有時雲雷生紐亂如轉轂功成長揖歸湖月澹吾欲望風苦遐滯深溪飲黃犢卮酒借公壽一出雪國辱

祝佩忍先生五十壽

同邑 費鏡 遹樞

松陵笠澤中有箇奇男子平生好讀書夙懷春秋旨氣節與文章當世疇倫比景仰鄉先哲吳潘足媲美豁達度量宏下交不爲恥長我甫十年我則以兄事論交師友間出遊曾隨屐看雲白嶽巔採藥黃山裏一載執鞭從別來忽廿紀我如轅下駒局促三吳市君如南海鵬扶搖乘風起足跡半天下猶未酬壯志講學東南府樂育英髦士文獻廣搜羅豈特光閭里上壽期百年如日中天指養晦待時機前

路浩無涘夏曆孟秋朔良辰正覽揆俾爾壽而康開懷酌一兕

詩二七古

奉壽佩忍老友五秩

金山 高燮 吹萬

先生任俠兼好儒行年半百猶無鬚欽奇歷落好肝膽短小精悍方瞳矑憶昔共抱春秋旨外夷內夏心不渝申江握手忽大笑眼底一空餘子餘元龍豪氣世無敵隻身狂走東海嵎歸來居宇更奇特據鞍顧盼時嗟吁延平壘下三日哭要離塚畔經年居跛不忘履病不死天留百折堅忍軀黄胤之復不旋踵書生所志仍難紓紛爭未已禍亂亟民生憔悴何時蘇南雍養晦會有待英才樂育宏實敷奔走國是此息駕閉門能著等身書宏博鉅麗人爭重狂臚文獻無辭劬去年石城復覿面秦淮載酒相歡娛興來不知老將至高談抵掌驚四隅締交今逾二十載回思少壯纔須臾閱世要當具冷眼人情百

出從古無惟我與子期不變硬骨那肯隨時趨吾聞五十則曰艾艾訓爲美非蒼如譬諸佳人僅半老姿態絕世猶名姝曠怨自昔聖所戒斯人不許稱鰥魚如日中天方極盛始衰之說毋乃誣我欲贈子三百壺飛書草檄籌策紆中原躍馬同馳驅廓清掃蕩眞良圖黄龍痛飲其樂且此時與子更把臂長爲識字耕田夫縱橫圖史兼耰鋤後列女樂前生徒莫教下士訶我迂柘湖笠澤兩草廬烟深水遠誰可呼

壽佩忍先生五十並博同社一粲　醴陵　傅熊湘　屯艮

短小精悍如郭解縱橫捭闔如蘇秦滑稽突梯如方朔高文典册飛書馳檄則又相如枚叔而外無等倫誰爲此言壽陳子以視子傅子曰然我生今年且四十得識陳子一十有七年始讀有嬀清秘史原題有嬀血胤著一卷書開革命先繼覩五石脂札記松陵文獻言便便自餘

詩句與文筆槃槃巨册南社編足窮萬里目萬卷萬本寫徧萬口傳

漢幟既建清社改我自歌浦游吳門有美一人忽召我梅花臘雪開

名園（辛亥冬張默君女士創大漢報於蘇州可園）與君同主大漢報傷時杜牧有罪言滄

浪亭畔數游跡嫏嬛兼拜鄉先賢（可園有藏書樓爲黄子壽彭年所建自刻一像題曰嫏嬛之犬黄故醴陵

人從籍貴陽）日尋文讌恣談謔下九地復上九天縱飲從君索白酒（余時不飲

紹酒以爲力弱也）二徐（寄塵女士及其妹小淑）匿笑二梅（高天梅與吳梅）顛吳瞿（吳字瞿安）清歌我

不聽醉臥鼾吼如雷鬭扶上蹇驢踏犖确驀下衣裂縫見綿說與張

陳（默君及陳鴻璧女士）各拊掌幸不滑墮溪橋前君復浮湘求駿骨（民國元年自潭還秋

瑾棺復於浙）記從清夜醉雲泉（里名伎家）鄭叔（叔容）有詩君立和遂訪紅拂滌江

邊（君至醴陵訪紅拂墓）七八年間人事改重來海上看桑田相共麋臺探霜葉

閑從鷗社張詩筵（民國八年事）此樂難得常易失惟君與我寧獨全且喜

今年還聚首飲酒食肉如飛仙（五月侍父游杭州過滬文讌累日）座中示我十五年

前所爲垂虹亭長傳自恨不獲策馬中原登嵩禮岱浮河探源踰塞度幕何事栖栖吳越間大兒柳亞盧小兒高天梅平生交游滿天下餘子錄錄徒自姸兵農禮樂世不用願得十數智慧兒女環侍絳帳左尊罍右筆札以綿斯文墜緒雖然此亦繫乎天我謂君言無太侈君願徒奢天故慳斯事豈惟君所欲吾生亦欲良無緣安排百城書料理五湖船滿貯尊中酒常掛杖頭錢如范蠡游不倩西施扶如林逋隱不伴梅華眠醉如李白不來采石磯頭坐賦如禰衡不應鸚鵡洲上宣越石才多不上勸進表子雲文富不作美新篇逍遥游無所可用養生主可以盡年如天之福此奇福君悉具足曾不偏比下有餘更無上勝彼庸福萬萬千而況等身大箸作楮耆墨壽藏名山而况中郎有才女肌冰膚雪多令顏女公子希伏始乎適而未嘗適忘適之適言非詮我亦談紙上兵我亦羨鵕鸃冠文如武仲武如介子不足

道上馬殺賊下馬草檄如我修期差足歡邇來一切離言說凡愚一任輕阿瞞中年哀樂信亦有不自遣者誰與寬顧君五十未名老展睬明鏡猶翩翩便擬從今更三十我始老耳君耄焉欲立欲達無不可人生何用苦愁煎作詩壽君君應笑學道忘言言已繁却檢君詩得君句下半年生我最先（用原句）日明孟秋吉我詩今甫完何當夢中飛去飲君酒一如蘇州之醉騎驢還（癸亥夏六月廿九夕三鼓）

吳江陳佩忍（去病）五十生日詩

慈利　吳恭亨（悔晦）

垂虹亭長王伯才九流百家無不該驅役思想如風雷過江赫赫尊黨魁其人與文名八垓南社喻木尺土階倚天拔地由手栽入社十年樗櫟材生不相見飢我懷比者五十陳尊罍醴陵傅子尺一來許我文尙不類俳淋漓命歌南有臺佩忍負奇冠吾儕中原策馬行徘徊足迹所至狹江淮東渡日本气恢恢側同盟會班輿儓昌言革命

滿是排即死必隣要離埋歸來弔秋軒亭哀皖殺巡撫黨禍胎清未可亡嘻悲哉乃南桴海蘗凶災犯大風雨山登厓痛哭題詩揩莓苔弔延平壘碎酒杯海風呼洶波掀隧見者怪駭方嘲詼辛亥義旗西日回北踰居庸關崔嵬謀墾滿蒙師李悝一楸枰展布子纔討袁戰鼓鼙鼙催姑胥甬東我馬隤羈絆峻足雖駑駘吾謀不用用亦乖萬官各承頤與頬萬卒各化虎與豺檣傾柁折餘一桅小冠錯作高位陪嗟旱太甚中谷蓷雄心十丈俄死灰算是干將鈍如鎚南雍清守太常齋排遣日月競病諸佩忍高文追馬枚滑稽突梯方朔推叉不瑣涎巴婦財抱膝之儲良無涯故今五十顏猶孩五十猶孩奮奇侅出其萬一足谿鑪福利油然補天媧我詩質直非淫哇持侑觴則酒無膜一祝壽星長皚皚再祝健飯到耇鮐前例歐陽序徂徠我辭非飾傅子咍

壽佩忍先生五十

鳳凰朱昀南岑

先生意態何昂藏，策馬高原秋蒼蒼。大風歌起雲飛揚，叱咤横目凌八荒。使氣縱横睨荆聶，爲文奇奡排曾王。平生奇抱知者少，壁頭長劍騰光芒。長劍三尺酒一斗，醉中屠龍當屠狗。滄桑誰令幻局多，十年苦負好身手。今也掉頭歸南雍，雍容絳帳作馬融。左疊右札發奇興，高挾日月開鴻濛。丈夫時未承其通，博浪椎秦吁徒空。一日借箸扶沛公，仆秦蹴項奔群雄。天困異材率如此，鳳麟孤兮驕犬豕。高城大社分攘竊，孤鼠東西相吞噬。兀自一笑歌湖山，似有得於黄老旨。松柏鬱鬱爭冬青，野花榮枯安足擬。今年五十開壽觴，洞庭波濶遙相望。我愧朱家狂復狂，瓣言一獻南豐香。時乎戰野龍血黄，佳哉虹氣森芒碭。湖樓百尺高日張，寧廬一枕傲北窗。

用鄭子尹壽莫猶人先生韵敬爲巢南先生壽 鳳凰田名瑜个石

長劍睥睨一畝宮呼鷹策馬歌大風排拓千古開心胸地球九萬究始終覇才縱橫陳同甫黨魁人豪郭林宗黄金論斛酒論斗一醉笑談侯與公高馬崎嶇粤之東指點雲雷讋群雄文章救時摶大氣正雅反騷卓哉翁邇乃講學於南雍抱道尊晦道非窮九天九淵破荒縫挂眼人世傷汚隆萬物伸縮有如此意者天方相其躬干將補履弗錐若擲與兒曹屠蛟龍今年之年介五十不倦憂國雙鬢蓬聞說續得養生主藝頭高躡黄老蹤不利一時利千載褐衣鼎食何窮通維南有箕北有斗日月相錯絙春冬凝毫上瞰八星小抉發光怪色然充一疊一札左右以鑿險劖奇爭天工我言汗漫翁或頷請揮百觴鳴黄鐘

壽佩忍先生五十

蘇利　張　權　心量

要離死又二千載抔土無恙巍然在男兒要爲天下奇有時酹酒展

墓拜其人往矣名不湮流風繼有佩忍陳金昌亭下伏避世誅茅結屋與墓鄰佩忍健者才不羈攬轡澄清（一作四顧）大有爲中原策馬氣剽悍槖筆囊劍天一涯名山大川師龍門東上泰岱西河源北絕大漠足迹徧勒石燕然風雲吞滿蒙經略志未遂作嫁依人歎左計倦游歸來閉門居拊髀時下英雄淚遵時養晦黃老旨皋比坐擁誰比似女樂絳帳鄭康成河汾將相文中子劉秩不數曳落河據鞍顧盼馬伏波老猶雄心高千丈酒酣耳熱烏烏歌五十忽忽年知非老當益壯願莫違拔劍斫地慷以慨我前致辭侑尊罍上壽百年日方中來壽杖馬文章雄懸河炙輠餘子耳朱家郭解將毋同未來歲月來正長比例龍馬精神强再拜起舞爲公壽公倘掀髯醉千觴

佩忍先生五秩大慶

常熟　曾樸　孟樸

唯公才識非常人壽國壽世兼壽身績學包孕經史子畢生磨練精

氣神儘含熱血無處灑别具俠腸有誰倫憤慨中華今政局發攄素
抱大經綸毵毵德業與時進纍纍事功方日新寰宇澂清伊吕志林
泉供養懷葛民假年學易優遊歲祈耆誦詩攬揆辰摭拾尋常介壽
語九如奚足揚千春

陳巢南先生五十壽詩

安吴 胡韞玉 樸安

惜昔海上識君日君年三五我三一當時意氣各如雲下筆能掃千
人軍文章慷慨泣日月眼底胡兒盡流血收拾禹域舊山河論功孰
比干戈多一紙露布全城下君本文章最健者倚馬奚只艸萬言功
成身退歸田園伯聲陣亡漁父死眼中磑磑盡餘子爭名爭利朝市
中君獨嬌嬌寒素風不向長安乞官禄樂育菁莪願已足春來開徧
桃李花一天春色在君家鍾陵山色武林水後先收拾奚囊裏年來
著作已等身先生有道不憂貧烏飛兎走光陰速南北紛紛猶逐鹿

回首神州暗自悲光復誰致亂者誰鄙夫小人不足道志士常苦變計早少俟經武皆籌安餘子亦爲曹家官京津道中奔波疾許多朋舊今誰識吁嗟世宇屢晴陰耿耿惟君宅此心今君五十已初度一闋長歌爲君賦富貴功名總逝流垂虹亭子獨千秋

佩忍先生五秩大慶

海寧 任鳳岡 茂梧

中原之鹿走四方舉國逐之勢若狂剔瘦揀肥利嘴張其視眈眈萬虎狼大江南北賢豪起手執金鞭驅異已兀然壇坫如山峙賢哉公亦與同志亟圖專制局推翻大一統開新紀元返日回天難更難十二年來事未完綺歲出門遊萬里勞勞車馬風塵裏莫憂老冉冉將至百歲光陰纔半耳粵雲燕雨滿天飛百戰江山不解圍四百兆人無所依水火盜賊免者稀丈夫不幸生此世赤手擔當天下事亂臣賊子千夫指舌劍唇鎗誅之死黃鶴樓鸚鵡洲脚踢拳搥誓不休黃

河壖之滿長江塞之斷江河永免風波悍黑暗世界一變換中華文化齊西歐經遠規模次第籌功成圓滿塔尖頭與君同泛五湖舟

壽陳佩忍先生五十

武進 蔣維喬 竹莊

笠澤松陵鍾靈雅中有氣似垂虹者縱筆爲文高等身揮金結交交遊寡乘槎覽徧蓬萊洲浮海歸來結秋社風雨登崖山題字大忠櫝更過思明州循訪延平厦泛江漢之輕舟搴瀟湘之杜若何年北去居庸關風高驕試五花馬何年南入故留都帷幄運籌振華夏等作過眼煙雲觀那復省憶何者眞與假琴書無恙且歸休歸住江上鍾山下桃葉渡頭桃葉歌血跡亭前琉璃瓦興來拈取入新詩來往古今隨意寫詩多能郤愁人愁亦能令公顏復赭秋聲今在樹梢頭且與低吟把清斝

詩三 五律

佩忍先生五十壽用杜老贈陳補闕韵賦寄四首

鳳皇 田興奎 星六

士也世卑垢而公山斗名臥還比謝傅書已著虞卿薄海森秋氣中
年篤俠行大星仰南極光曜界東生
孔璋昔草檄同甫舊知名辯舌爭蘇季高文用馬卿臣飢姑作諷寇
亂尙堪行伏書珍口授閨玉兩經生
美花挾名酒初不諱狂名舟馬冀而粤隷奴公與卿望高客小養才
覇重橫行感切夢刀劍雲雷談笑生
嵇阮自爲侶杜房終有名論文奇柳子詠史惜荆卿大野龍初戰前
軍馬已行一樓高百尺歡動大風生

垂虹亭長五十大慶

嘉興 褚輔成 慧僧

百尺樓頭客（君刊有百尺樓叢書）年來白髮增詞華徵笠澤（刊行笠澤詞徵數十卷）文筆

集松陵（輯松陵文集百數十卷已刊至第三編）醇酒不離口雄才久服膺新秋梧葉落（懸弧之期爲七月朔今歲立秋五日矣）高會聚良朋

佩忍先生五秩壽辰詩以祝之

丹陽 林懿均 立山

落落巢南子今同倦鳥還胸中翻海嶽（某公贈君聯世事滄桑心事定胸中海嶽夢中飛）劫外對匡山（君旅粵久）講學南雍大行吟夕照斑知非憑一笑樽酒惜餘閒

詩四 五排

佩忍先生以七月一日屆五秩生辰諸名流爲徵文啓將使海內人歌詠盛德爲先生奏一觴（元）適暑假不克踵階恭祝率吟巴辭二十韵以博一粲幸先生有以教正之

常熟受業 錢貞元 象復

天地鍾靈秀湖山養性眞太邱推望族笠澤寄閒身弱冠通羣籍平生慕隱淪琅邪思復漢倉海志亡秦浩氣冲牛斗雄文泣鬼神孔璋

工草檄仲舉任凝塵任俠終爲累周游渺孰親綢繆催白髮奔走折
烏巾壯志磨簫劍奇謀困膽薪病殤臏遽絕講學席還珍且共尋秋
社終看渡孟津天南頻浪跡塞北屢馳輪錦瑟哀遙夜萱花萎䜩晨
憂家傷國淚避世遯時民悲憤添懷抱逍遥臥海濱班居三老右歌
唱一庭春想見英流集爰思教化仁康强逢迪吉百福自駢臻

恭祝佩忍先生五秩大慶尙希教正　丹徒　楊鴻年　秋心

吾愛陳夫子松陵第一人吳潘堪並駕李郭有誰倫意氣能驚坐文
章素等身早遊滄海外晚臥石城闉弔古頻揮淚傷時屢損神蘇臺
方息轍浙水復爲賓興漢寧無意籌邊却有因忽然恢故國幸得作
新民河北偏難討江東獨可親壯圖曾莫展儒席許同珍轉眼過三
伏驚心屆五旬羨君能講學愧我未知津面顯朝南極容羞對北辰
巴歈非白雪聊復祝長春

詩五七律

佩忍社長五十初度　金山 沈礪 勉後

昔日相逢正少年食牛稚虎氣無前尊攘直溯春秋旨文字遥從海國傳古度囊錢懷故國（君曩時出永曆錢玩弄大類林古度）亭林椽筆告明阡（君有展謁孝陵之作）首功訂社追幾復越鳥巢南一悵然

傷心碧血鑑湖飛風雨名亭託旨微乍覩卿雲歌復旦又逢爝火競餘輝驥騏冀北垂垂老雞犬淮南累累肥松箭青銛薑桂辣孔璋羽檄待時揮

佩忍老友先生五十大壽　南昌 陶牧 小柳

欽寄仰見太邱風與子論交歇浦中廿載滄桑同歷刼一身著述早成叢瓊樓研句吟蘇軾絳帳傳經拜馬融幾度從戎投筆起竹書紀盡運籌功

我亦蹉跎學易年，飽嘗憂患雪盈顛。江湖握手人將老，海嶽塡胸夢未圓。臥膽長沙期救國，煉丹勾漏欲游僊。垂虹亭外秋花好，歌舞稱觴七月天。

壽垂虹亭長五十　湘潭　方榮杲　峰崖

元龍豪氣壓江東，十載長沙識此公。白下才名驚坐客，青山俠骨瘞秋風。窮邊立馬吞胡虜，斗室談兵看寶弓。莫嘆星星飛鬢雪，垂虹亭畔日方中。

吳興　凌祖壽　銘之

百戰歸來鬢欲霜，中天麗日正堂堂。籌邊早具匡時策，禦侮能爲諸夏防。南董才名新史筆，東京黨錮舊清狂。即今文獻凋零甚，商略千秋晉一觴。

嘉善　郁世彝　佐皋

少年擊劍並談兵頭白猶爲萬里行蠟屐遊山河朔月羽書磨盾嶺南營杜陵戎馬才方壯太史文章老更成還喜賢人聚吳分新詞應頌壽星明

佩忍先生五秩榮壽大慶　澄海　辛卓人

轍環天下老宣尼知命樂天不用疑兩度封人曾請見十年蘇軾已嫌遲縱橫筆陣看猶在炳曜弧輝祝亦宜海色澄清應有日南來儻更慰相思

壽陳佩忍先生五十　澄海　蔡潤卿

容易秋風南宋日無端錦瑟晚唐年放翁心事誰能識商隱才華總可憐銅笛一聲雲淚鶴清樽相伴海連天蒹葭采采水中芷綠竹猗猗淇澳篇

佩忍先生五十大慶　鮀江　侯琴譜

屹立龍門百尺桐八荒英氣入牢籠治安痛哭長沙傅南北遨遊太史公上壽稱觴年過半扶輪大雅日方中我來未下陳蕃榻更效生徒祝馬融

俚句奉賀佩忍夫子大人五十弧辰　永嘉受業陳閎慧仲陶

虎擲龍拏幾門爭樊川老去厭談兵愁看赤縣橫流急夢獵陰山夜雪晴典册高文公不朽天風海水我移情垂虹秋色一千里好斫鱸魚侑酒觥

湘鄉李滌汝航

種分丹穴屬高秋千古文章聚一樓屈宋才華埓僕命吳潘偉業許神遊扶輿永曜中天日介雅新添大海籌得筆開顏有才女好斟北斗佐吟謳

無錫張肇桐軼歐

文章氣節冠羣流東渡當年識太邱五柳早聞陶傳作六橋曾記白
隄遊鵬摶力樹共和幟鶴紀剛添大衍籌綺席觴稱同介祉弧南星
見正初秋

祝陳佩忍先生五秩壽三章 有序

同邑 沈大椿 子樹

陳君佩忍余之故人也自其少時即好讀書有大志爲諸杏廬入
室弟子嘗創辦雪恥學會講求經世之務如范文正作秀才時以
天下爲己任又自撰楹聯云炎黃種族皆兄弟華夏興亡在匹夫
其保種愛國之志概可見已旋入同盟會爲革命之運動復創南
社以文字相鼓吹奔走海內外幾無一日暇說者咸謂推翻專制
政體建設共和民國先生與有力焉今功成身退講學南雍義心
清尚有足多者夫以楩楠杞梓之材較諸樗櫟無用之木秉性之
殊奚啻霄壤余幼與比鄰長同研席而年華老大一無所成得非

故步自封所以望塵莫及敷値先生五秩生辰勉成三律聊當華封之祝云爾

孤根崛起洶人豪志滅匈奴首屢搔君慕霍票姚之爲人每云匈奴未滅何以家爲遂更今名策馬中原飛露布驅車大漠著征袍經營畧滿黃河濶偉烈豐功泰嶽高老矣頭顱今雪白好聯觴詠奏蟠桃

等身著作許誰倫擬跡潘吳算此人笠澤詞徵存碎錦松陵文集待傳薪遺民有錄人爭寶君撰明遺民錄刊入國粹學報潛德能彰世並珍選錄明季王黃顧三大家文曰正氣集爲學者諷誦又編次吳日生吳赤溟兩先賢遺集行於世風雨雞鳴今未已名山事業定長春

承先啓後道相傳公爲其師刊杏廬文鈔又培植門下任味之君等成材甚衆絳帳春風手一編又于歌浦創辦競雄女學詩酒流連陶靖節江湖跌宕李青蓮公好遠遊不事家人生產百年上壽花尤好如日方中景倍姸況有雙珠延一脈荀卿美意自延年

恭祝巢南老世伯五旬大慶

同邑閨秀 楊明皓 憬素

落紙揮毫蘊萬千等身著作過中年端居早識蓬茅士定亂終須管樂賢酒進兕觥天保頌籌添鶴算地行仙傳經更羨紅閨彥詠絮新窺錦繡篇

蠻觸紛爭屢自驚斯人不出奈蒼生傷心國事寧無策小隱丘園要有情萬里何曾騰驥足五更還復聽鷄聲綠窗我亦閒吟倦聊與先生訴不平

佩忍老師大人五十大慶

武進受業 趙汝歡 汝歡

百尺樓高興正酣元龍豪氣冠江南當時幸立程門雪此日欣停海國驂玉露金風逢令節清樽餘瀝偏朋簪盈庭桃李知何濟伏女傳經勝似男

海屋添籌第幾回浩歌堂上錦屏開浮瓜沈李新秋近長劍高冠舊

雨來千首好刊長慶集一壺終賴濟川才勛名會向燕然勒適意何妨飲一杯

賦祝巢南寄父五十榮慶　　附行子婿　嚴秀芳　潄芳

元龍百尺據樓雄大衍年華大雅風笠澤徵詩梨棗壽松陵攷獻梓桑崇論交中夏皆名士講學南雍作寓公擎掌明珠雙展采傳經有女儘研窮

程門士女夙爭趨群羨江東一碩儒詞賦光芒參李杜文章聲價重歐蘇怡情山水題詩徧得意雲霞落紙粗海上蟠桃芳宴啓附行子婿頌懸弧

詩六　七絕

巢南先生五十攬揆紀念　　杭縣　吳灝　木石居士

大漢天聲振九垓一時廚俊奮風雷外夷內夏春秋旨誓抵黃龍痛

歛來

朔雪炎風萬里程短衣縛袴一書生從玆電掃嵩恆境珥筆春容賦北征

新詞自和小紅簫一櫂煙波十四橋領署雲林詩意好縈紆綠玉復青瑤

知非五十媿齊年異代吳潘此嗣賢留得松陵文獻集不愁火盡有薪傳

佩忍先生五十　吳縣　汪東寶旭初

國事如螗變態新幾回東海見揚塵少年攬轡澄淸志翻作神州袖手人

男兒得意擁高車失意還教當蠹魚試問行求千戶養何如坐對百城書

横刀躍馬看中原，健者如公有幾存。一笑歸來還自壽，秋風吹夢了無痕。

名園結社太悤悤，各抱奇懷走北東。縛虎屠龍成底事，從今休更薄雕蟲。

掌故羅胸僅此才，詼諧玩世亦悠哉。平生早定千秋業，不假奇齡俯九陔。

不作尋常靳項語，但以微言商出處。高談雄睨若無人，酌酒與君歌爾汝。

小詩敬壽佩忍先生五十初度

常熟 丁祖蔭 初園

白頭名士老英雄，文字當年汗馬功。闢道東方星再見，夜來光氣滿垂虹。

琴劍蕭然萬里游，氣吞河嶽隘神洲。閉門歲月閒如許，偷取人間八

百秋
壯游逐隊少年場別後相逢鬢兩蒼又是秋風斜日候遥飛一醆醉
鱸香

題畫壽佩忍先生五十　歙縣　黃　質　賓虹

李白桃緋遶屋栽山光澹治水瀠洄草玄亭畔揚舲至知有侯芭載
酒來

小詩敬賀佩忍太老師五十　吳縣　潘　敏　小敏

已有文章傳奕葉更懷孤憤訴平生笑談百尺樓頭事點檢淩煙閣
上名
新秋唱徹鶴南飛腰邃雙聲拜絳帷一笑眉觴徵上壽八瑱諧奏盡
珠璣

詞

南呂滿江紅

吳縣　吳梅　霜厓

跋扈詞場盡說是太邱道廣更歷徧燕雲嶺海河山供養放眼千秋天地外置身百尺樓臺上論文才鐵板大江東關西將　風雲志江湖量白雪和幽蘭唱但頭銜自署垂虹亭長濟勝時攜黃木屐延年不藉靑藤杖幸十年磨劍鬢星星人無恙（其一）

杖策從軍曾見汝短衣匹馬一夕縱橫羽檄文章聲價北府談兵才子老南樓對月將軍雅算淸秋幕府杜陵誰君其亞　揮手去秦淮夜聚首處鍾陵下看江山如此先生醉也短簿祠前題壁淚長干塔畔聯床話且婆娑起舞故人前傾杯斝（其二）

壽星明　祝佩忍先生五十大慶

紹興　胡穎之　栗長

雪藕冰桃介壽芳筵時逢素秋攬金天風色爽開眉宇銀河星影涼沁盤甌雅奏仙聲鶴南飛曲未闋商音寫古愁百年事話方今得半

五十平頭　元龍豪氣無儔高臥好讀書百尺樓頭更寄將幽憤筆牀藥竈銷他狂態寶劍珠鍪絳帳傳經青山買隱道廣還誇有太邱掀髯笑看神仙游戲海屋添籌

五十壽言　完

女兒緜祥校錄

五十壽言勘誤表

頁數	行數	訛誤	訂正
三	八	者	述
又	十六	種種	刪去
又	十八	其間	刪去
又	十九	其鄉之	去其之二字
又	廿一	有以	刪去
又	廿三	桉	按
又	又	比	較
八	二十	千	干
十二	五	日明	明日
十三	八	孤	狐
十九	十四	搏	摶
廿三	六	馬下	脫只字

六十述懷四首

我後荷華五日生（甲戌六月無三十予生七月朔距荷誕僅五日耳）百年過半若爲情逢僧便欲參禪去選勝猶能策杖行（春間住萬歲報恩寺聽經者幾及二月又作杭州嘉禾松江上海之遊）漫笑兒曹俱幼稚却看頭角已崢嶸（長兒吉利才五歲次兒達利則四齡頗異常兒）名山事業曾何有只合深藏晏子楹（生平所著百尺樓叢書百卷都未付寫人）

乍入春來興便豪看華飲酒日勞勞（連年修葺倪雲林舊隱爲戴高士祠今春又奉先生栗主爲別龕祀之並約故里友人看徧村社諸花甚樂也）搜奇未敢輸靈運慟哭重煩訪謝翱（孟夏在杭遊靈隱天竺五雲郎當嶺雲栖諸山端午後又泝桐江上釣臺而還）最喜槎頭鯿縮項（於桐廬客館得巨鯿一頭其長踰尺）待持江浦蟹雙螯（江浦得霜螯斫雪蟹雙螯皆陸游句也昔予年五十秦效魯贈聯云上馬殺賊下馬作露布左手持螯右手引酒杯誠善頌也今老矣詎復能殺賊草檄邪）尋碑更自鈔書去多少珊瑚一網

乾隆秊仿明仁殿紙

撈今春訪得邑中古碑甚富又於西湖圖書館閱書多未見之本

鉅富爭誇沈万三遺聞軼事我能諳一門子弟容天放其孫曾有號天放生者王止仲作文以爲之解六十年華抄內慙万三子達卿年六十勤慎敦愿惟畜經書子史古圖譜法書名翰樓而庋之子婦孫曾秩焉序進一堂四世所謂禮法之家也日觀葡萄傳顆顆万三弟貴爲溫日觀弟子工畫葡萄能傳其法彝齋金石味醰醰万三孫伯凝好學而勤於古家治一室聚金石書畫於中題曰彝齋艸牕遺像尤堪寶瞻仰侔於鄭所南元季吳門有鄭所南周艸牕遺像二軸俱瑰寶也而伯凝藏得其一

貞一名標舊艸堂吾宗清節未容忘李印泉根源得明代陳貞豐居士一門三世墓石十方皆吾宗物也中有云高祖永年妻金守節與沈萬三子姓緇爲婚姻鉅卿賢士相與題其堂曰貞一爲詩章以詠之永樂間被旌周文襄公撫吳日嘗登其堂賦詩而去當時歌詠嗟流散先母儀型賴表章印泉昔在京師曾與同志具呈黎黃陂褒揚先節孝君倪太夫人我總理孫公復親撰墓碑今皆勒石

賸有江邨饒遠意周莊陳和之年七十王止仲爲撰江村遠意樓記儘承遺澤播餘芳百朋用拜騰衝賜待錄銘詩細攷藏貞豐爲范瑠贅壻范又爲教授朱埍贅壻不啻朱陳結好焉埍爲北平布政朱士能子前邑志均誤朱作諸獨王彝常宗集吳驥先哲志作朱與墓志相脗合益信金石之有裨考證而不可忽也又墓志五篇除潘府杜啓二人外若趙宬陳九章申惠皆邑前獻其遺文絕少概見今得此足補予往者松陵文集之遺

癸酉六月　　勤補居士陳去病稿